Una Bala En Miami

Una novela del detective
Maldonado

Pablo Poveda

Copyright © 2025 por Nova Illice Media Pub

NOVA ILLICE
MEDIA PUB

Corrección: Ana Vacarasu

Imprint: Independently published

ISBN: 9798283771564

Todos los derechos reservados

No se permite la reproducción total o parcial de esta obra, ni su incorporación a un sistema informático, ni su transmisión en cualquier forma o por cualquier medio (electrónico, mecánico, fotocopia, grabación u otros) sin autorización previa y por escrito de los titulares del copyright. La infracción de dichos derechos puede constituir un delito contra la propiedad intelectual.

1

«No existe peor rastro que el que nunca ha existido.»

Lo primero que sintió al abrir los ojos fue un dolor brutal en la cabeza, como si alguien se la hubiera abierto a hachazos. La luz del sol lo golpeó como un gancho directo a las sienes. Se incorporó medio ciego, aturdido, con la boca llena de sangre seca y la mente convertida en un enjambre de preguntas sin respuesta.

El pantano olía a agua podrida y barro hirviente. Maldonado escupió con asco, notando un diente flojo. ¿Dónde demonios estaba?

Intentó levantarse, pero el dolor le subió desde las costillas hasta el cuello con una sacudida eléctrica. Tenía el cuerpo magullado, hinchado y entumecido, como si hubiese protagonizado una paliza sin espectadores. Observó sus manos cubiertas de barro espeso que se adhería como brea a la piel.

—Joder... —gruñó en voz baja—. Esto no pinta bien.

Un destello: la risa de Clara al entrar en la tienda, la promesa de un fin de semana juntos. Ahora, ni su voz.

Buscó automáticamente la pistola en su cinturón, pero solo encontró más barro y vacío. Maldijo mentalmente; quien lo hubiera dejado allí había hecho bien los deberes.

Alzó lentamente la cabeza, buscando alguna referencia, un camino o algún indicio de civilización. Nada. Solo un interminable muro de cañaverales oscuros, como barrotes oxidados, encerrándolo en aquel calabozo natural. El silencio era absoluto, denso, roto únicamente por un lejano zumbido de insectos invisibles. Ni un motor, ni un ave. Era como si todo el mundo hubiera dejado de existir.

La garganta comenzó a arderle, sedienta hasta la desesperación. Miró brevemente el agua turbia a su alrededor, que parecía petróleo contaminado. Por un instante delirante, estuvo tentado de beber, pero la cordura regresó rápidamente. Sabía que hacerlo sería suicidio.

Intentó ponerse en pie. Apoyó una rodilla, luchando contra la resistencia viscosa del barro, que parecía querer tragarlo lentamente. Consiguió levantarse, tambaleándose, sintiendo cómo las piernas le temblaban bajo su propio peso.

Justo entonces, una pequeña onda rompió la quietud oscura del agua, llamando su atención. Un escalofrío recorrió su columna vertebral; algo más primitivo que el instinto le gritó que estaba en peligro inminente. Escudriñó el agua, aguzando la mirada, esperando captar algo más.

Y de repente lo vio.

Un par de ojos brillantes, fríos como las balas, flotando sin ruido en la superficie. Lentamente, emergió la cabeza escamosa y monstruosa de un caimán, seguida por su cuerpo reptiliano, robusto y cubierto de lodo oscuro. El animal permanecía quieto, paciente, como si supiera que tenía todo el tiempo del mundo.

—Perfecto —masculló Maldonado con sarcasmo, intentando ocultar el temblor de sus manos—. Lo que me faltaba.

El corazón comenzó a latirle con violencia, bombeando adrenalina pura por sus venas. Por un instante recordó vagamente un olor a gasolina, una furgoneta, brumas que lo golpeaban mientras reía alguien en la distancia. Los cabos sueltos se juntaron con claridad punzante: lo habían dejado allí, a propósito, un banquete fácil para aquella bestia.

El caimán avanzó. Sus ojos no parpadearon. Algo en su actitud —demasiado medido— le recordó a un cazador. ¿Lo habían adiestrado?

—Espero que tengas paciencia, colega —dijo Maldonado en voz baja, controlando apenas la respiración—. No pienso ponértelo fácil.

Sintió un escalofrío húmedo bajar por su nuca mientras contemplaba la hilera de dientes afilados que emergía lentamente de la boca abierta del animal. Cada fibra de su cuerpo le exigía correr, huir desesperadamente, pero su mente sabía que ese sería su final inmediato. Movió lentamente un pie hacia atrás, luego el otro, luchando contra el barro traicionero.

—Ni de coña acabaré así —susurró para sí mismo, los dientes apretados hasta doler—. No en este maldito vertedero.

El caimán dio otro avance silencioso, mostrando aún más su mandíbula. Maldonado podía escuchar claramente ahora el susurro del agua al abrirse paso el animal hacia él. El sudor frío se mezclaba con barro y sangre, bajando lentamente por su sien.

Cerró brevemente los ojos. El pulso acelerado le gritaba que se moviera ya, ahora o nunca.

No había más tiempo para dudas.

Era el caimán o él.

2

Una semana antes...

Miércoles.

Madrid.

Los juzgados de Plaza de Castilla respiraban papeleo y desilusión. El edificio no preguntaba, solo vomitaba abogados, policías y acusados, con idéntica frialdad.

El sabueso buscó refugio en la Cafetería Solaire, frente al intercambiador. Allí seguían sirviendo el mixto con huevo frito, un fósil en una ciudad que había sucumbido a las tostas de aguacate. Apoyado en la barra de granito, pidió un café negro y dos churros. El primer sorbo le supo a derrota. Exploró con la mirada la portada del Diario de Madrid: política corrupta, delincuencia al alza, escándalos de sociedad. Apartó el periódico y sintió un nudo en el estómago.

La vida le pesaba más de lo habitual, que ya era bastante decir en su caso. Hacía apenas media hora que había salido de un juicio que sabía, con amarga certeza, que no acabaría bien. Su forma de trabajar —que algunos consideraban poco ortodoxa— le había costado una denuncia por invasión de privacidad, al intentar recabar información sobre la pareja de una clienta.

«¿Qué esperaban que hiciera? ¿Preguntarle amablemente si estaba engañando a mi clienta?», pensó con amargura, maldiciendo en silencio haber aceptado aquel encargo.

Cada vez que entraba en su despacho, alguien buscando pruebas de infidelidad. Se juraba que sería la última vez, pero luego aparecía el dinero en sobres abultados y la necesidad de pagar las facturas, el alquiler y el sueldo de Marla, su secretaria. Así volvía al punto de partida, atrapado en una rueda de hámster que cada vez giraba más rápido.

Ahora, la situación era diferente. Se enfrentaba a un problema mayor, una amenaza tangible y peligrosa. Bebió el café con prisa, en dos tragos amargos que le quemaron la garganta y, de inmediato pidió otra taza. Les dio un mordisco rápido y desganado a los churros, más por ansiedad que por hambre real. Siempre había encontrado una salida, por oscura y retorcida que fuera, gracias al inspector Berlanga o a contactos que prefería mantener lejos de la luz del día. Pero esta vez era distinto. El enemigo tenía nombre, apellido y una cartera lo suficientemente abultada para hacerle caer con el simple gesto de mover un dedo.

El teléfono volvió a vibrar. Esta vez, un mensaje de texto de Marla:

«Acaba de llamar la señora Líbidos. Dice que es urgente. ¿Qué le digo?»

Maldonado suspiró.

Carmen Líbidos, la clienta, pertenecía a una familia aristocrática venida a menos, desesperada por encontrar una razón digna de divorcio que pudiera justificar frente a sus amistades de té en Salamanca y cenas en el Ritz. El enemigo se llamaba Juan de Montechalado, otro burgués de cuna. Un abogado despiadado de uno de los bufetes más prestigiosos de la calle Almagro. Vestía siempre con trajes de rayas hechos a medida, corbatas demasiado ajustadas y un aura de invulnerabilidad tan sólida como el cemento. Almorzaba en restaurantes caros de Juan Bravo y gastaba las noches entre los burdeles de Capitán Haya. Maldonado comprendió tarde que enfrentarse a un hombre así equivalía a meter la cabeza en las fauces de un tigre hambriento.

—¿Quiere algo más, señor? —preguntó el camarero.

—Un coñac —respondió sin dudar—. Doble.

Ni siquiera los honorarios del caso cubrían las pérdidas que le supondría la batalla legal. Su abogado defensor, asignado de oficio y con aspecto de extra en una historieta barata de posguerra, le había sentenciado sin contemplaciones:

—Con su historial y las pruebas que tienen, lleva todas las de perder.

Eso, en lenguaje claro, significaba cerrar la agencia y poner punto final a su ya tambaleante carrera como detective sin licencia.

Maldonado comprobó la hora en su viejo reloj de pulsera, arañado por los años y la mala suerte: eran casi las once de la mañana. El apetito había desaparecido. Suspiró profundamente, apuró el segundo café y recibió con gratitud el chupito de coñac.

El camarero no levantó siquiera una ceja al servírselo; para él, Maldonado era simplemente otro cliente al borde del precipicio emocional. El detective lo apuró de un solo golpe, sintiendo cómo el alcohol bajaba por su garganta como un cuchillo ardiente. Para muchos, aquella quemazón era incómoda; para él era un alivio momentáneo, un bálsamo contra la incertidumbre.

Dejó el chupito vacío en la barra, sacó un billete arrugado y pagó el desayuno sin esperar el cambio. Después salió del bar, notando el golpe seco del aire contaminado de Madrid en la cara. Palpó el bolsillo interior de su viejo abrigo Barbour, sacó un cigarrillo light y lo encendió con un gesto mecánico, aspirando profundamente. El humo se mezcló con el aire impregnado de fritura y café, un cóctel urbano que siempre había encontrado extrañamente reconfortante.

Mientras observaba el caos cotidiano —taxis tocando el claxon en la avenida de Asturias, alguien corriendo desesperadamente hacia un autobús que partía sin misericordia—, pensó en su siguiente paso. Pero cada intento de avanzar terminaba en la misma pared invisible. Estaba atrapado en un laberinto sin salida, sin ideas, sin opciones.

Las torres inclinadas de Plaza de Castilla se elevaban frente a sus ojos, como enormes centinelas indiferentes al drama humano que bullía en sus pies. Sintió el teléfono móvil vibrar en el bolsillo del pantalón, interrumpiendo bruscamente sus pensamientos sombríos. Sujetó el cigarrillo con los labios y sacó el aparato para mirar la pantalla.

Leyó un nombre familiar: «Berlanga».

Por un segundo fugaz, la esperanza se asomó a su mente. Quizá el inspector tenía algo útil que ofrecerle, una pista, un consejo salvador. Pero la realidad, fría y amarga, aplastó esa ilusión. Seguramente Berlanga ya se había enterado del desastre judicial y quería hablar del tema, algo que Maldonado prefería evitar a toda costa en ese momento. Sin ánimo alguno para dar explicaciones ni soportar más reproches, rechazó la llamada con desgana.

Dio una última calada larga y profunda al cigarrillo y lo apagó en el cenicero de una papelera cercana. Observó cómo el humo se disipaba lentamente, llevándose consigo cualquier resquicio de optimismo que aún le quedara. Respiró hondo una última vez antes de acercarse al borde de la carretera, levantando la mano cansada para parar un taxi.

Era hora de enfrentar la realidad. Era hora de afrontar las malas noticias y regresar a la oficina, donde las cartas de cobro se apilaban sobre la mesa, como buitres acechando una presa moribunda. El detective sabía bien que, esta vez, las cosas no se resolverían fácilmente. Pero también sabía, por amarga experiencia, que un hombre desesperado era capaz de cualquier cosa.

3

El taxi no avanzaba. Bocinas.

Madrid pataleaba.

En la radio, sonaba una canción de Calamaro.

«Flaca, no me claves tus puñales...».

El detective bajó la ventanilla.

Un soplo de humo lo alcanzó.

La calle de Princesa, en esa hora incierta de la mañana, parecía la arteria obstruida de un corazón a punto de pararse.

—Esto va para rato —murmuró el taxista, con voz de haber fumado tanto como kilómetros había hecho en ese coche, mientras veía cómo el taxímetro subía como una cuenta atrás, pero el vehículo no se movía ni un centímetro. Maldonado, desde el asiento trasero, echó un vistazo por encima del respaldo. Los coches formaban una serpiente detenida que se perdía en Plaza de España.

Vio humo en el horizonte, luces intermitentes, sirenas y bocas abiertas en la acera.

—¿Qué diablos sucede hoy?

—Parece un incendio en la Torre de Barceló —respondió el taxista señalando la columna de humo—. Justo donde tienen oficinas esos abogados tan famosos, Montealto y compañía.

Maldonado se tensó al escuchar aquel apellido. La coincidencia era demasiado perfecta para ser casual.

—¿Ha dicho Montealto?

—Sí, el bufete ese que sale en las noticias. ¿Los conoce?

—Más de lo que me gustaría —murmuró Maldonado. Montealto era el nombre que llevaba el bufete de Juan de Montechalado—. Cóbrese. Me bajo aquí.

—¿Está seguro? Con este atasco...

«Lo que me faltaba... Que ahora me asocien con este incendio».

El detective volvió a mirar por la ventanilla. La nube espesa de humo salía del piso donde sabía que estaba ubicado el despacho de Juan Montealto. El camión de bomberos bloqueaba la calzada junto a varios coches de policía con las sirenas apagadas.

—Completamente seguro.

Con un resoplido, abandonó el taxi, ajustándose la gabardina que ondeaba teatralmente al viento madrileño, ese viento cargado de polvo, desesperación y multas de aparcamiento. Echó a andar en dirección al Templo de Debod, dejando atrás el ruido, los curiosos y el desasosiego matutino de la ciudad.

Bajó la mirada al asfalto. No aceleró el paso, pero el viento le zarandeó la chaqueta.

Algo había arañado su estómago al despertar. No era solo el incendio, era la certeza de que todo aquello se anunciaba mal.

Pese a todo, no le dio demasiada importancia. No era un tipo que se dejara impresionar por nimiedades.

Encendió un cigarrillo light —¡maldito médico y sus consejos!— y se internó por las calles de Argüelles, cruzando por Evaristo San Miguel con la seguridad de quien conoce cada rincón como la palma de su mano. Su barrio, antaño lleno de locales castizos, ahora parecía irreconocible: tiendas de cosmética coreana donde antes vendían zapatos baratos, restaurantes de fusión, cafeterías donde las tartas se servían con instrucciones en inglés.

Desde que había dejado el Cuerpo de policía para montar su agencia de detectives, había visto cambiar a Madrid sin poder hacer nada para evitarlo. Como su propia vida: transformada, irreconocible.

Pasó junto a la farmacia donde, años atrás, le habían vendido calmantes para una herida de bala. Luego la zapatería, que ahora era una tienda de cosmética coreana. A la altura de Ferraz, se dio cuenta de que el barrio que conocía, el barrio que había amado como a una vieja amante, se había desdibujado. Los bares con camareros de chaquetilla blanca y bigote recortado habían desaparecido. En su lugar, pizzerías americanas, bares de tapas con nombres en inglés, restaurantes de fusión que olían más a ambición que a cocina. Y vermuterías con pretensiones de galería de arte.

—Qué tiempos... —murmuró, sin darse cuenta.

El barrio castizo estaba muriendo. Y no moría a tiros, como a él le habría gustado. No. Moría a fuerza de modas, de cambios silenciosos, de dinero que no se olía, pero que lo cubría todo como una niebla pegajosa. La ciudad estaba mudando de piel y lo hacía sin pedir permiso.

Al llegar al final de la calle, algo lo detuvo. Una sensación familiar. Frente a él, una inmobiliaria con escaparates relucientes. Su mirada se clavó en un cartel que anunciaba un viaje a Estados Unidos. El precio era absurdo.

Él no era un hombre de viajes placenteros. Su último trayecto a América había sido un desastre: un encargo mal pagado, una testigo protegida, con demasiados secretos, y un informante que terminó flotando en el Hudson. Aquel caso le había dejado una segunda cicatriz y la promesa de no volver a cruzar el Atlántico jamás.

—¿Otra vez? —bufó, irritado, sacando el aparato del bolsillo interior.

La pantalla mostraba un número largo. Demasiado largo. Una extensión imposible. Un país que no reconocía. Él solo se sabía los de Marla y Berlanga.

Lo primero que pensó fue en un timo telefónico. De esos que prometen premios imposibles a cambio de secretos demasiado personales.

—Buenos días —dijo una voz femenina con acento americano—. ¿Señor Javier Maldonado?

La llamada tenía eco. Como si viniera de un pasillo largo, o de otro continente. Había latencia. Distancia.

—¿Quién es? —preguntó, tensándose.

—¿Señor Javier Maldonado?

—Al cuerno… —gruñó, cortando la llamada con una rapidez casi grosera.

Guardó el teléfono con fastidio, notando cómo su frustración ascendía por su espalda. El mundo se estaba estrechando demasiado a su alrededor.

Al girar hacia su calle, vio al habitual vagabundo del albergue del Paseo del Rey, sentado en la acera junto al bazar chino, sosteniendo una litrona como quien abraza un trofeo.

—Capitán, buenos días —saludó el hombre, con voz áspera—. ¿Tienes un euro para otra cerveza?

El expolicía se detuvo, mirando al indigente. Normalmente, le habría dado algo suelto y habría seguido su camino. Pero en ese instante, su móvil volvió a sonar.

Otra vez ese número americano, otra vez esa insistencia.

—Maldita sea —farfulló, la tensión colándosele por la mandíbula—. Estoy harto…

En un impulso repentino, cansado de la persecución tecnológica, extendió el teléfono hacia el indigente.

—Ten. Para ti —dijo, bruscamente.

—¿Esto qué es, jefe? —preguntó el vagabundo, mirando el aparato.

—Un móvil. ¿No lo ves?

—Sí, pero…

—Pero, nada. Te lo regalo. Así, si llaman otra vez, les cuentas tus penas y tal vez te ofrezcan un viaje gratis al Caribe.

—¿En serio?

El vagabundo lo miró con desconfianza. Si ya le costaba conseguir una moneda, un teléfono era algo inusual. Dudó. Pero el detective ya había extendido el brazo con el aparato en la mano. Era uno de esos móviles de concha pasados de moda, pero resistentes como todo lo que se fabricaba en el pasado. El tipo lo tomó con los dedos largos y temblorosos, como si fuera una reliquia.

—Más serio que un funeral —respondió, alejándose ya.

—Gracias, jefe. ¡Eh! —gritó el indigente tras él—. ¿Dónde está la broma?

«Ese es el problema... que no la hay», pensó, acelerando el paso.

Su humor mejoró al imaginarse al teleoperador intentando venderle fibra óptica a cambio de datos personales que ya nadie recordaba.

Mientras caminaba hacia su oficina, pensó en lo poco que había cambiado su suerte. La ciudad seguía siendo un desastre, su barrio estaba irreconocible, y su móvil lo usaba ahora un indigente con aliento a cebada. Aquel día, había robado algo de calma a la miseria —no por generosidad, sino por puro hastío— con la esperanza de que al fin lo dejaran en paz unas horas.

Eso, en su mundo, ya era un triunfo.

4

Llevaba en la mano una bolsa marrón de Starbucks con dos cafés humeantes y un cruasán de chocolate para Marla. Odiaba esas franquicias tanto como a los abogados caros, los programas matutinos y las multas de tráfico, pero sabía que aquello era su pasaporte hacia una mañana tranquila, su tributo diario para mantener la paz.

El ascensor crujió antes de detenerse con un tirón desagradable, abriendo sus puertas como quien escupe un chicle usado. Maldonado tocó instintivamente la pequeña cicatriz que decoraba su frente, un gesto involuntario que siempre hacía cuando algo le recordaba sus noches de novato en la policía. Avanzó por el pasillo, con el Barbour abierto y la corbata en rebeldía. Caminaba con paso lento, preparándose mentalmente para los reproches.

La puerta de la agencia chirrió al abrirse. MALDONADO DETECTIVES, rezaba el cristal pulido con letras desconchadas. Debajo, en letra más pequeña:

Asuntos delicados. Discreción garantizada.

Marla estaba sentada en su escritorio, con los ojos clavados en el teclado y con la radio encendida a un volumen que anunciaba diplomacia. Vestía de gris, pulcra y eficaz, como siempre; su manera de decir que era ella quien mantenía el barco a flote, aunque él se empeñara en hacer agujeros en el casco.

Ella levantó la cabeza al instante, lanzándole una mirada capaz de atravesar paredes.

—¡Javier! ¿Se puede saber dónde demonios te has metido?

—Maldita sea, Marla. Otra vez con lo mismo. Esto ya parece el Día de la Marmota.

—¿Sabes qué hora es? —señaló con un dedo acusador el reloj de pared que marcaba las 10:48—. Tu abogado llamó a las ocho. *A las ocho*, Javier.

—Lo sé, por eso traigo tu soborno —dijo, dejando la bolsa sobre su escritorio, con dramatismo teatral—. Tu café con leche desnatada y cruasán de chocolate, cortesía de la globalización.

—No creas que con esto vas a...

—Funciona todas las veces, Marla. Al menos, déjame creerlo un rato.

Ella resopló, reprimiendo una sonrisa mientras sacaba el desayuno.

Él aprovechó para quitarse la gabardina y colgarla en el perchero junto a la puerta. La oficina olía a ambientador barato, café pasado y papeles viejos. Con desgana, el detective empujó la ventana, dejando que entrara algo de aire contaminado, más fresco que el ambiente interior.

—Ahora que ya he comprado tu misericordia temporal —dijo él—, dime qué ocurre.

Marla respiró hondo, exasperada.

—¿Se puede saber por qué no coges las llamadas?

Él pensó en el indigente y en su cara incrédula al recibir el teléfono como quien recibe un boleto premiado.

—He extraviado el móvil.

—¿Extraviado? —repitió, incrédula—. ¿Otra vez?

—Ya sabes cómo odio esos cacharros. Me hacen sentir viejo.

—Te hace viejo seguir perdiéndolos. Es el tercero este año.

—Es el cuarto —corrigió él con una sonrisa torcida—. Lo anotaré para Navidad. ¿Algo urgente, o es la retahíla habitual?

Marla empezó a recitar la lista con eficiencia quirúrgica:

—Tu abogado ha llamado, intentando disculparse por la peor defensa vista desde que existe la ley.

—Lo dicho, un tipo atrevido.

—Ha llegado una carta certificada y varias facturas del banco. La del alquiler lleva más retraso que tu declaración de Hacienda.

Maldonado chasqueó la lengua, impaciente.

—Apasionante. ¿Algo más?

Ella dudó un segundo, incómoda, pasando un archivo de una mano a otra.

—Pedro Marín, el impresentable de la Agencia Alcázar, te ha denunciado por intrusismo profesional.

El expolicía frunció el ceño, irritado. El golpe de un puño contra la mesa resonó en toda la oficina y su rostro se transformó en una máscara de furia contenida. La cicatriz de su frente se mostraba enrojecida.

—¡Qué original es ese imbécil! ¿Cree que pueden echarme dos veces?

—Esto es serio, Javier —dijo Marla, bajando la voz—. Sabíamos que podía pasar. No tenemos licencia. No, desde que...

Él se frotó los ojos, cansado.

—Me siento como un boxeador sonado al que siguen dando golpes después del gong. ¿Nada positivo para alegrar la mañana?

—Berlanga lleva toda la mañana intentando localizarte. Dice que es importante.

El detective sacó otro caramelo y lo desenvolvió.

—Siempre lo es cuando el beneficiado es él —dijo y se echó el caramelo mentolado a la boca.

—Creo que esta vez no es así.

—Ah, ¿no? ¿Y eso?

—Algo en su tono... No sé, parecía preocupado de verdad.

Él la miró fijamente, percibiendo su incomodidad.

—¿Qué más, Marla? Estás evitando algo. Te conozco bien.

Ella se mordió el labio inferior, gesto que solo hacía cuando las noticias eran realmente malas.

—También han llamado desde el Consulado.

El caramelo del detective se partió entre sus dientes con un crujido seco.

—¿Consulado? ¿De dónde?

—No lo sé, la verdad —respondió ella, observándolo con atención—. No se escuchaba bien y no me han dicho más. Llamarán en otro momento.

Un escalofrío le recorrió la espalda, como un cubito de hielo cayendo por dentro de su camisa. Maldonado se quedó en silencio, sintiendo cómo una vieja puerta se abría en su memoria. Treinta años enterrados en el olvido amenazaban con resucitar de golpe.

—¿Qué ocurre, Javier? ¿He dicho algo malo?

—Nada —dijo secamente, demasiado rápido para resultar creíble—. Está todo en orden. Todo lo que puede estar, claro.

—Javier…

—Nada, he dicho —repitió tajante.

—Suena a que es algo.

—Suena a que no debería haberme levantado esta mañana.

El silencio posterior fue incómodo y pesado. Él sintió el impulso casi doloroso de fumar, pero se limitó a respirar hondo, dejando el cigarrillo imaginario para más tarde. Sus dedos bajaron instintivamente hacia el cajón inferior de su escritorio, donde guardaba la Smith & Wesson que había conservado de sus días de servicio. Un seguro irracional contra amenazas que creía haber dejado atrás.

En ese instante, el teléfono fijo sonó sobre el escritorio. El timbre cortó el ambiente como un cuchillo afilado. Marla hizo ademán de levantarse, pero él negó con la cabeza, tocándole el brazo suavemente en un gesto casi afectuoso.

—Esta llamada es para mí.

Con paso decidido, caminó hacia su despacho y cerró la puerta detrás, consciente de que los fantasmas que lo aguardaban no respetaban puertas cerradas, ni distancias. Vivían dentro de él, habían estado allí siempre, pacientes y silenciosos, esperando la excusa perfecta para volver a llamar.

Todo volvía con la fuerza de una avalancha.

Finales de los años 90. El último adiós.

Descolgó el teléfono.

5

El detective contemplaba la taza de café, ahora fría, sobre el escritorio lleno de facturas pendientes y documentos judiciales que parecían multiplicarse por minutos. Marla lo observaba desde la puerta, con los brazos cruzados, tamborileando los dedos contra el antebrazo.

—¿Piensas contestar? —le preguntó, impaciente.

Él suspiró profundamente y tomó el auricular, con desgana.

—¿Sí?

—¿Hablo con el señor Maldonado? —preguntó una voz de mujer.

«Si me dieran una moneda por cada vez que me han preguntado eso, hoy sería rico».

—Depende. ¿Quién pregunta?

La voz se endureció inmediatamente.

—Le llamo desde el bufete de abogados LEXA, de la calle O'Donnell —explicó—. Soy la abogada Rosa Lozano, y represento a mi cliente, el señor Marín, detective y propietario de la agencia Alcázar.

Por algún motivo, la tensión bajó y los músculos del detective se relajaron.

—Ajá. Entiendo... —dijo, desanimado—. ¿Es por la denuncia?

—El motivo de la llamada es que, al parecer, tanto su abogado, como usted, se niegan a descolgar el teléfono.

«Por mucho que cueste creerlo, siempre hay alguien más cretino que tú».

—Dígame algo que me sorprenda, señora Lozana.

—Es Lozano —rectificó, irritada—. Mire, señor, reconozco que este es uno de los casos más fáciles a los que me he enfrentado. No solo lleva las de perder, sino que parece que voy a ganar dinero por no hacer nada.

—¿Algo más? No me haga perder el tiempo. Se me enfría el café.

—Simplemente, quería asegurarme de que esta conversación era real. Le recomiendo que busque un bufete mejor. Me cuesta creer que haya alguien tan mezquino como usted y su abogado.

—La realidad supera siempre a la ficción. Buenos días, señora.

—Preséntese en el juzgado y ponga en alquiler ese despacho harapiento que tiene. No tiene derecho a ejercer algo que no es.

—Ni usted a fastidiarme el día —dijo y, antes de zanjar la conversación, notó un timbre que comunicaba en la línea. Alguien llamaba al mismo tiempo—. Tengo que dejarla.

—¿Quién era? —preguntó Marla.

Él le hizo un gesto de espera.

Antes de que siguiera hablando, colgó y el teléfono sonó. Descolgó de nuevo:

—Maldonado al habla —respondió, antes de que le preguntaran por su nombre, una vez más—. ¿Con quién hablo?

—Vaya despidiéndose de esa oficina decadente, detective de poca monta —respondió una voz masculina, áspera y grave, como el zumbido de un tábano. No necesitaba presentaciones. Era Juan de Montechalado, el hombre que lo iba a llevar a la ruina. Podía sentir el olor a gomina desde allí—. Tan solo le llamo para advertirle de que le he investigado a fondo. ¡Ja! Es usted un miserable sin fondos.

El sabueso sintió cómo el cuello se le tensaba, aunque mantuvo su tono firme.

«El apellido le hace justicia».

—¿No tiene casos más importantes que perder el tiempo conmigo? Se está tomando muchas molestias para hablar conmigo, señor Montechalado. El dinero se recupera; el amor de una mujer... no. O de un hombre, claro.

—¡Pienso hundirlo en el lodo hasta que no pueda respirar! Nadie volverá a contratarle ni para investigar un robo de galletas en un colegio infantil.

—No se esfuerce demasiado. Basta con abrir la ventana y sentir el limpio aire madrileño...

—¿Cree que es el único que no tiene trapos sucios? Pienso sacárselos todos. Primero, me encargaré de que no pueda pagar la indemnización y tendrá que vender hasta su casa. He visto que es autónomo y lo tiene todo a su nombre... —La voz del abogado hervía como una cafetera recién hecha—. No solo lo dejaré en la calle, sino que me encargaré de que nadie lo contrate.

A pesar de las amenazas, el detective se mostraba impasible. Lo último que deseaba era mostrar debilidad ante ese tiburón de hormigón y ladrillo.

—Entiendo que no quiere llegar a un acuerdo.

—¿Con usted? ¿Ha perdido la cabeza? ¡Es usted el que pierde!

Por un momento, vaciló en lanzar un farol y amenazarlo con poseer más material inédito. Sin embargo, la sensatez obró el milagro y prefirió no calentar más la situación, para evitar que ese tipo le enviara unos matones a darle un susto y removerle la oficina en busca de documentos.

Un pitido sonó en el silencio, mientras el abogado esperaba que respondiera. Era otra llamada entrante. «Diablos». El teléfono parecía la centralita de un número de emergencias.

—Me encantaría seguir hablando, Montechalado, pero me reclaman por la otra línea.

—¿Me va a colgar, inútil?

—Es lo más inteligente que puedo hacer.

—Disfrute de la poca libertad que le queda, cretino. ¡No sabe con quién se ha metido!

Colgó y esperó unos segundos.

La secretaria seguía ahí, expectante, esperando una explicación. La situación era de lo más confusa.

Se quedó un par de segundos a la espera, con la mano pegada al teléfono, pero este no sonó de nuevo.

—¡Mierda! —respondió y golpeó el aparato.

—¿Qué ha pasado?

—Alguien estaba llamando por la otra línea.

—¿Has hablado con Juan de Montechalado?

—Lo que se dice hablar... Más bien, ha hablado él —aclaró y resopló. Después abrió el cajón del escritorio de su despacho y sacó una botella de brandy Terry, que estaba a medias. Abrió la tapa del café, vertió un chorro de alcohol y lo tapó nuevamente para darle un trago.

«Aguanta, campeón».

—¿Qué quería ese hombre? ¿No tiene suficiente con amargarte la existencia?

El trago de alcohol y café atravesó la garganta del detective, dándole una ligera sensación de alivio y calor.

—Parece que no. En realidad, Marla, he sido yo quien se la ha amargado a él, con esas fotos.

—Tú has hecho tu trabajo.

—A veces, hacer bien tu trabajo es el peor error —respondió amargamente—. Me he metido donde no me llamaban, en la intimidad de un pez gordo. Hemos metido el dedo en el ojo equivocado, Marla. Espero que nos sirva de lección.

—¿Es cierto lo que ha dicho?

—Ese hombre ha dicho muchas cosas en muy poco tiempo...

Ella suspiró por la nariz y apretó los brazos contra su pecho. Su gesto era de preocupación.

—He escuchado la conversación, Javier.

De pronto, alguien cerró la puerta de la entrada con fuerza.

La conversación se interrumpió y la pareja se giró hacia la sala de espera.

—¿Dónde te metes? ¡Maldita sea! —exclamó el inspector Berlanga, peinado perfectamente, con el cabello brillante por el fijador y protegido en su icónica gabardina beige de Burberry, que aportaba un punto de elegancia a su puesto de trabajo—. ¡Es imposible dar contigo cuando más grave es la situación!

El detective levantó la vista y, sin inmutarse, dio un respingo.

—Ya me ves. En mi despacho, mientras pueda.

—He llamado a tu número siete veces y me ha respondido un tarado, preguntándome si era amigo del capitán. ¿Qué está pasando?

Marla le clavó los ojos al sabueso.

—¡Oh, vaya! Me han robado el teléfono.

—Has dicho que lo habías perdido —aclaró ella, desconfiada—. ¿En qué quedamos?

—¿Acaso no es lo mismo? Maldita sea, necesito salir de aquí, antes de que suene el maldito aparato otra vez.

—Sí, sí que lo necesitas —dijo Berlanga.

—¿Invitas tú? Al café, digo —respondió el detective.

Marla y el inspector se miraron con complicidad y poca esperanza. Él caminó hacia el perchero de la entrada y se enfundó en su viejo *Barbour*, antes de salir de la oficina.

—Si hay algo, Marla...

—Que me llamen a mí, ¿entendido? —intervino Berlanga, sobrepasando la voz del sabueso—. Pero solo si es importante.

—Por supuesto, inspector.

El expolicía miró a la chica, quitándole hierro al asunto.

—Volveré en un rato. Todo se solucionará, Marla.

—Adiós, Javier.

Los dos hombres salieron de la oficina y caminaron en silencio hacia el ascensor. Cuando entraron, el detective pulsó el botón de bajada y las puertas se cerraron. Entonces, Berlanga habló:

—¿Por qué le has dicho que todo se solucionará?

—Porque es cierto.

—No, no lo es, Javier.

—Para bien o para mal, encontraré una manera de acabar con esto.

6

El mechero chispeó. La llama devoró el tabaco mientras él aspiraba como si pudiera incinerar las malas noticias junto con el cigarro.

—Como sigas fumando así, no llegarás vivo a final de mes.

—¿Crees que me preocupa? —le respondió, mientras prendía la punta del cigarrillo.

—Escucha, debemos hablar sobre ese abogado, Montechalado. Tengo un amigo que...

Pero el sabueso le mostró la palma de la mano, como un guardia de tráfico.

—No quiero hablar de ese cretino, ¿entendido? Tengamos la fiesta en paz.

—Tú lo has querido.

Los dos caminaron en silencio por la plaza de Santo Domingo, en dirección a la calle de Leganitos, donde se encontraba la comisaría, hasta que el sabueso reconoció el Volvo S40 azul marino de Berlanga, ocupando un trozo de la calle. Un coche con pretensiones de elegancia y alma de archivo judicial.

—Pensé que íbamos a por una copa. Pero claro... algo me decía que no.

—Más bien, es la hora del almuerzo, Javier. Sube al coche, anda.

—Una cosa no impide la otra... Has esquivado mi pregunta. ¿Adónde me llevas?

—A dar un paseo fuera del centro. ¿Te parece bien?

—Lo que sea por alejarme de la oficina.

Hacía tiempo que Maldonado no subía con Berlanga en un coche. Por alguna razón, ocupar el asiento del copiloto le recordaba los viejos tiempos, cuando los dos patrullaban juntos por la ciudad. Tiempos que no volverían a repetirse, pensó mientras observaba la calle. La ciudad había cambiado y, con ella, también los dos hombres que ocupaban el vehículo.

—La razón por la que he intentado contactarte esta mañana...

—Si es por lo del caso, no sigas.

—Ni siquiera te has molestado en informarte.

—Soy culpable de mis pecados.

—Lo que eres, un idiota, Javier. El juez del expediente no es el mismo que aparecía en la citación.

—¿Cómo que no?

—Lo han cambiado esta mañana. Un tal Requena.

—¿Y ese quién es? Es imposible. Esta misma mañana he estado ya en...

—¿Entiendes ahora por qué intentaba avisarte? Al parecer, el juez Requena es un tipo que prefiere los trajes caros al Código Penal.

—¿Todo esto, a causa de qué?

—Montechalado pidió recusación, alegando que el juez original era demasiado cercano a la Policía Nacional.

—Qué asco de gente, la verdad. ¿Y ahora, qué?

—Requena ha sido reasignado a un caso de violencia de género urgente y lo ha sustituido otro del mismo juzgado...

—En fin, preferiría no seguir hablando de esto.

Berlanga salió hasta la calle de San Bernardo y cruzó el barrio de Chamberí por Martínez Campos hasta incorporarse a la Castellana.

—Ah, y otra cosa.

—¿No me entiendes o es que hablo en arameo?

—El expediente que tú y yo revisamos... ya no está igual.

—¿Cómo que no?

—Han añadido un anexo nuevo. Sellado. Sin firma. Eso no es habitual. Alguien más está metiendo mano. Y no es para ayudarte.

—¿Has terminado?

—Han añadido una nota sobre Marla.

—Mi secretaria.

—Alegan que colabora activamente contigo... y que podría haber cometido un delito contra la intimidad.

—Eso es mentira.

—Claro. Pero ya sabes cómo funciona esto: una mentira con membrete vale más que la verdad sin abogado.

El detective apretó el puño y respiró hondo para contener la rabia que acumulaba.

La tensión estaba aumentando en el interior del coche, pues ninguno de los dos parecía dispuesto a retomar la conversación. El Volvo azul navegaba entre coches, como un barco viejo entre boyas oxidadas. Berlanga mantenía la vista al frente, seria como la de un juez. Maldonado encendió la radio sin pedir permiso y buscó una emisora que mereciera la pena. La radio del coche brillaba con tecnología del siglo XXI, un insulto al cacharro prehistórico que dormía en su Volkswagen. Por desgracia, todas las emisoras memorizadas eran de radiofórmulas y noticieros nacionales.

—...y en Madrid continúa sin resolverse el caso de la mujer hallada muerta la semana pasada en su domicilio del barrio de Usera. Los vecinos aseguran que llevaba varios días sin dar señales de vida. La Policía no descarta ninguna hipótesis, aunque todo apunta, por ahora, a causas naturales...

El sabueso giró el dial sin cambiar de emisora, bajó el volumen. Dejó que la ciudad volviera a sonar.

—Siempre igual —murmuró Berlanga—. Mueren solas y nadie se da cuenta.

—O peor —respondió el detective, con la voz seca—. A veces, alguien sí se da cuenta... y no hace nada. ¿Quién está a cargo del caso?

—No lo sé.

—¿No lo sabes? O no quieres saberlo.

Berlanga miró a su amigo, de soslayo.

—No.

Maldonado chasqueó la lengua.

—En fin, no es mi asunto, ¿verdad?

—No, no lo es.

—Pero lo fue.

Berlanga apretó el volante. Sabía que era cierto.

A lo lejos, el sabueso comenzó a divisar el monumento a Calvo Sotelo y las dos torres inclinadas.

—Sigues echando de menos el Cuerpo, ¿verdad?

La pregunta raspó al detective como una lija gruesa.

—El pasado... pasado está.

—Fueron buenos tiempos.

—Hasta que todo se fue al carajo. Siempre ocurre, ¿verdad?

Berlanga no supo qué responder. A él, en particular, no le había ido del todo mal.

—Supongo que hay personas que entienden que hay líneas que no se deben cruzar, por mucha injusticia que exista, y saben mantener la compostura.

—Y otras, no. ¿Es eso lo que me intentas decir?

—No es un trabajo fácil. No tuvimos un trabajo sencillo.

—Pero ahí sigues.

—Bueno, de momento. En unos meses van a cerrar la comisaría Centro, para reformarla.

—Vaya, ya era hora. Pensaba que la iban a convertir en un museo.

—No... ¿Sabes? Estoy pensando en retirarme.

—¿Tú? Estás de coña, Miguel.

Maldonado se quedó mirándolo. El silencio pesó más que una negativa.

—No, no lo estoy. Hablo en serio.

—¿De verdad tragaste tanta mierda solo para que Ledrado se quede con tu silla y tu placa? Eso sí que es morir por nada. ¿Qué hay de lo de llegar a comisario?

El vehículo se detuvo en un semáforo, antes de llegar a la glorieta. Maldonado observó a su compañero de reojo.

«Pareces más viejo que hace cinco minutos», pensó. Pero no lo dijo. Ni siquiera él sabía si sería un insulto o una muestra de ternura.

—No soy el único que tiene aspiraciones, Javier. No obstante, también velo por mi familia y por mi función.

—Eso podría decirlo yo, pero no tú. No es a ti a quien echaron del Cuerpo. Entonces, ¿para qué diablos te hiciste policía?

—Dímelo tú, Javier.

—No me jodas, ahora.

—No, dímelo tú.

—Lo sabes de sobra. Me va la calle. No habría aguantado dos meses en una oficina.

—Fuiste el mejor inspector de Madrid encontrando a personas desaparecidas. Salvaste a más de una quincena de posibles víctimas...

—Por fin alguien lo reconoce.

—Y eso te generó muchos enemigos. Tú, el primero de todos.

—¿Perdona?

—¿Alguna vez te preguntaste por qué te involucrabas tanto en el trabajo?

El expolicía lo miró con desdén. No entendía hacia dónde iba la conversación.

—Creo que estás delirando.

—No, simplemente, hace unos meses que me planteo si he perdido mi toque mágico, ya sabes.

Entonces, el detective comprendió que su amigo no se refería a él, sino al futuro que le quedaba como policía. No supo muy bien cómo responder a eso. Berlanga necesitaba ánimos, pero él no tenía las palabras adecuadas, ni los gestos apropiados para dárselos. ¿Cómo diablos consuela uno a un amigo?, se preguntó. El único consuelo que necesitaba, lo encontraba a solas en la barra de los bares.

—Eres un buen policía. Siempre lo has sido. No lo olvides.

—Gracias... —dijo, y el semáforo se puso en verde. El coche comenzó a moverse hacia la glorieta—. Sin embargo, no es suficiente con ser buen policía para ser útil a la sociedad.

Después, pasaron por delante de un hotel y giraron hacia la derecha.

—Un momento, ¿adónde carajo vamos?

—A los juzgados. Quiero que conozcas a un amigo.

—Otra vez, no, te lo ruego.

Berlanga aparcó y apagó el motor.

—Escúchame bien, Javier —le dijo con voz autoritaria—. Estás metido en un buen lío. Uno de los que te joden la vida hasta que te sepultan.

—Gracias por los ánimos.

—Si hay algo que puedo hacer por ti, es asegurarme de que revisas ese maldito expediente y haces frente a tu situación. Juan de Montechalado tiene contactos, mucha mano y un asiento en el palco del Bernabéu.

—No me sorprende que sea madridista...

—Pero, hasta este momento, uno de los dos sigue siendo inspector... y tu amigo. Debemos intentarlo. Tal vez conozca de algo al juez.

Maldonado miró por la ventanilla y contempló los edificios de los juzgados, que se alzaban como una lápida moderna, lista para grabar su nombre. Si perdía el juicio, no sería solo su licencia lo que desaparecería. También Marla, también el despacho, también los pocos clientes que confiaban en él. Pero lo peor no era eso. Lo peor sería darle la razón a quienes lo expulsaron del Cuerpo: que él era un problema, no una solución.

—Está bien... pero, después de esto, deja que te invite a un trago.

Berlanga aceptó y se rio, antes de salir del vehículo.

—¿Qué carajo te hace tanta gracia?

—¿Con qué dinero, Javier?

—Invítame tú, entonces. Si no me encierran antes.

7

Para él, entrar allí siempre había sido un suplicio. Pero ese día, era peor. Era la segunda vez y no iba solo. Berlanga lo acompañaba como un funcionario de prisiones.

—Detesto este sitio —gruñó, aplastando el cigarrillo contra el suelo antes de entrar—. Ya te lo he dicho antes. Me pone de los nervios este asunto.

—Y yo ya te he dicho que, si no vienes tú, te van a meter en más problemas. Agradece que puedo supervisar esto. No soy tu niñera, Javier, solo tu amigo.

Nada más cruzar el umbral, se encontraron con la cola habitual frente al detector de metales. A sus ojos, policías de seguridad con cara de estar hartos, funcionarios apresurados y abogados con prisas y corbatas mal anudadas.

Cuando llegó su turno, el detective pasó por el arco metálico. El pitido sonó con la misma certeza con la que su suerte parecía dar vueltas por el retrete.

—Tiene que vaciarse los bolsillos —dijo el guardia de seguridad, un tipo joven con barba de tres días y los ojos puestos en cada movimiento. No parecía disfrutar de su trabajo.

Maldonado suspiró, sacó el móvil, la cartera, el encendedor, el paquete de *lights*, algunas monedas y las llaves del coche. Lo dejó todo en la bandeja y volvió a pasar.

Bip. Bip. Bip.

—¿Lleva algo más encima? —preguntó el guardia, sin mucho interés.

—El carné de socio del Atleti y el ego malherido. Pero esos pesan poco.

El guardia no se rio, aunque Berlanga sí dejó escapar un resoplido contenido. El sabueso volvió a cruzar el detector, que esta vez permaneció en silencio.

—Perfecto, caballero. Ahora, si me permite... —dijo el de seguridad, poniéndose los guantes de látex.

Maldonado levantó las cejas.

—¡Eh! ¿A dónde va con eso?

—Normas de seguridad, señor.

—¿En serio? ¿También hay que palpar?

—Tengo que asegurarme de que no lleva nada sospechoso.

—¿Sospechoso? Hay que joderse... Toda la vida oliendo a policía y, cuando más hace falta...

—Colabore, caballero —dijo el guardia, dedicándole una sonrisa impostada.

Maldonado abrió los brazos con resignación y el guardia empezó a palparlo, con una coreografía que rozaba lo ridículo. Primero los hombros, luego los costados, la cintura... Pasó las manos por la espalda como si buscara un compartimento secreto y continuó con las piernas de arriba abajo.

—¿No cree que ya ha tocado suficiente? Si sigue así, tendremos que intercambiar los números de teléfono.

El guardia se irguió.

—Siga caminando y recoja sus cosas.

—Si alguna vez buscas trabajo de masajista, no dudes en llamarme.

El guardia lo observó con frialdad.

—¡Siguiente!

Maldonado continuó y esperó al inspector al otro lado. Berlanga tan solo tardó unos segundos en cruzar el control.

—¿Era necesario el comentario? —preguntó el inspector, mientras cruzaban el vestíbulo.

—Sí. Ese tipo es un amargado.

El ascensor estaba estropeado, así que subieron por las escaleras metálicas hasta el segundo piso. El aire olía a papel viejo y taquilla metálica, como en la mayoría de los edificios públicos que necesitaban una reforma, y no solo interior. El tipo de atmósfera que se estanca en los sitios donde la gente va a pelear por cosas que ya no importan. Berlanga abrió la puerta de la oficina de archivos y se encontraron con un funcionario con gafas gruesas.

—Inspector Berlanga. ¿Quién es su acompañante? —preguntó el hombre, con voz monocorde.

—Javier Maldonado —respondió y le pidió el documento de identidad al detective. Este se lo entregó y el inspector se lo dio al funcionario—. Está aquí para revisar un expediente bajo mi supervisión.

El empleado público se quedó observándolo durante unos segundos, comprobando su carné, examinándolo antes de devolvérselo. Luego asintió con desgana y les hizo un gesto para que lo siguieran hasta una mesa donde había un ordenador antiguo conectado a un sistema de archivos.

—Tiene diez minutos —dijo el funcionario sin mirarlos a la cara—. No más.

—¿Diez minutos? —refunfuñó Maldonado.

—Política del juzgado —le contestó—. Si quiere más, traiga un abogado.

Berlanga agarró el brazo de su amigo.

—Al grano. El reloj corre.

Los dos se sentaron frente al ordenador y el sabueso comenzó a teclear. El expediente que buscaba estaba archivado bajo un código reciente. Demasiado reciente. Los archivos de la denuncia de Montechalado se habían ampliado con nuevos documentos.

—¿Qué diablos es esto? —murmuró, mientras pasaba de una pantalla a otra.

—¿Algo raro? —preguntó el inspector, inclinándose sobre su hombro.

—Un nuevo anexo. ¿Quién carajo añade algo así sin validación? —respondió el detective, con el ceño fruncido.

No le gustaba lo que veía.

—Los que quieren asegurarse de que te hundas como el Titanic. Déjame verlo —dijo Berlanga mientras le arrebataba el ratón de las manos. Se detuvo en un documento que parecía una transcripción de llamadas telefónicas. El nombre de Marla apareció en pantalla y Maldonado sintió un pinchazo en el pecho. Por un segundo, hasta el sonido del aire acondicionado pareció ensordecedor. Era un informe de seguimiento—. Aquí está el nombre de Marla.

—Ha sido ese abogado...

—Aparentemente, la están vinculando a tu agencia como cómplice. Dicen que colabora activamente contigo en tus casos. La describen como un enlace importante en tus investigaciones.

—¿Qué supone eso? Legalmente, digo.

—Un problema, no solo para ti.

—Pero eso es mentira. Marla lleva la administración y está en nómina. Lo que me encargan, es asunto mío. Siempre lo ha sido. Ni siquiera figura su nombre en ningún contrato con los clientes.

—Puede ser, pero ahora han decidido que eso no importa. Alguien quiere convertirla en tu socia, le guste o no. Para hundiros a los dos.

—Se supone que solo lo sabías tú.

—Ya no, Javier, ya no...

—¿Quién firma esto?

—Nadie. Al menos, nadie con un nombre real. Pero está sellado por el juzgado. Lo suficiente como para parecer legal.

El corazón del detective se encogió y sintió un escalofrío al tocar el ratón. El simple hecho de que Marla estuviera mencionada en ese expediente le provocó un nudo en la garganta. Una cosa eran sus problemas, y otra, muy distinta, arrastrar a la pobre secretaria con ellos.

—No es un simple caso de embargo.

—No. Y si dejas que sigan escalando esto, pronto será un caso penal. Y tú lo sabes tan bien como yo —sentenció Berlanga, con voz seria.

De repente, una puerta se abrió al otro lado del pasillo. Pedro Marín cruzó hacia la oficina de archivos, seguido de su abogada Rosa Lozano. La sonrisa de Marín era tan falsa como el color de su cabello.

—¿Qué cojones...?

—Vaya, vaya. ¿Qué tenemos aquí? —Marín enarcó las cejas, fingiendo sorpresa—. ¿El detective de pacotilla rebuscando en la basura? ¿Y con guardaespaldas? Cada día te superas, Maldonado.

Rosa Lozano dejó escapar una risa ligera y burlona.

—No olvide anotar eso en su informe, inspector —dijo la abogada—. Ya me entiende, para que conste que estamos todos muy interesados en la honestidad de este procedimiento.

Berlanga los ignoró, pero Maldonado no pudo evitar apretar los dientes.

—Creo que hemos acabado —comentó Berlanga, tratando de calmar la situación.

—Aún no. Quiero saber quién ha sido el responsable de añadir esa basura sobre Marla —insistió Maldonado.

—No vamos a averiguarlo aquí. Lo sabes. No te conviene.

Marín se apoyó en el marco de la puerta, con las manos en los bolsillos y la mirada de un hombre que vislumbra el final de la pesadilla. Acto seguido, sacó un caramelo del bolsillo de su chaqueta y lo desenvolvió.

—Es increíble lo bajo que has caído, Maldonado. Yo pensaba que no habías tocado fondo, pero, no... Maldonado siempre puede cavar más hondo —dijo, saboreando cada palabra—. Es como ver a un viejo boxeador incapaz de levantar los puños.

—¿Y tú qué sabes de boxeo?

—Te sorprendería.

—Lo dudo mucho. Te pega más ser el que guarda las toallas.

Marín se rio. No se ofendía, porque ya se sentía ganador.

—Voy a verte caer, Maldonado.

—No tientes a la suerte, si no quieres hacer el ridículo delante de tu abogada.

—Javier... —murmuró Berlanga.

El funcionario observaba la situación desde su puesto.

—Eres un papanatas. Siempre lo has sido y te has creído más listo que los demás, intentando pasarte por el forro al resto de profesionales, pero no eres un detective. La profesión se quita un lastre contigo en la calle.

—A ti, Marín, lo que te fastidia es que no tuvieras madera para ser policía. Ni para cualquier otra cosa.

El rictus de la cara de Marín lo decía todo. Hacía esfuerzos por aguantar la soberbia del expolicía.

—Das pena, de verdad. Siempre lo has hecho, pero esto tú te lo has buscado... y voy a asegurarme de que arrastres a tu querida secretaria contigo. La Gran Vía no volverá a ver ese rótulo descolorido nunca más.

—Controla esa boca, no sea que tenga que rompértela...

—¿Amenaza a mi cliente, señor Maldonado? —preguntó la abogada, con tono inquisidor.

Marín le hizo un gesto para que ella olvidara la disputa.

—Esto es innecesario. Crees que me intimidas con tus actos de macho ibérico, pero estás haciendo el ridículo.

—Veo que reconoces el talento, Marín. Procura no orinarte en el pantalón.

—Javier... —le pidió Berlanga.

—En serio, Maldonado. Guárdate la chulería para otro momento. La necesitarás.

—Disfruta de tu momento de gloria, Colombo. *Tutto passa*, no lo olvides.

—¡Javier, vámonos! —Berlanga tiró de él, obligándolo a apartarse de la pantalla.

Al salir, notó las miradas de Marín y la abogada taladrándole la espalda. Pensó en Marla, en su sonrisa tímida cada mañana y en cómo le preparaba aquel café horrible que fingía disfrutar. Nunca había arrastrado a nadie a sus infiernos personales.

Hasta ahora.

«Lo siento, Berlanga», pensó mientras su mano acariciaba el teléfono en su bolsillo. «Algunas reglas están hechas para romperse».

8

Nada más cruzar la puerta de Casa Sotero, sintió cómo se relajaban sus hombros tensos como alambres, después del encontronazo con Marín en los juzgados. Allí dentro, se sentía en su patria. El aroma inconfundible de fritanga, ajo y jamón recién cortado lo envolvió como una manta cálida y familiar. Un bálsamo momentáneo contra los vaivenes del día.

—¿Se puede saber qué demonios te ha pasado ahí dentro? —le preguntó Berlanga, desquiciado—. ¡Delante de la abogada! Casi lo arruinas todo...

—Me pongo de mal humor con el estómago vacío —dijo, se dejó llevar por el olor a calamares recién hechos y echó un vistazo a la barra—. Al menos esto no ha cambiado.

Berlanga sonrió, consciente de la nostalgia que compartían por lugares como ese, que habían frecuentado tanto cuando el sabueso aún pertenecía al Cuerpo. Las tabernas como parte del decorado. Para ambos era una sensación que parecía congelada en el tiempo.

—Eres un salvaje.

—En peligro de extinción.

Encontraron sitio justo al final, cerca de una vieja fotografía en blanco y negro de toreros que nadie recordaba.

—Pon unas cañas y unos torreznos, por favor —pidió Berlanga al camarero, un hombre fornido de bigote espeso.

—Y unas croquetas caseras. No quiero retirarme de la calle sin antes comer algo decente.

Berlanga lo observó en silencio, calibrando su humor, mientras el camarero servía dos cervezas heladas que golpearon la barra con un sonido metálico agradable.

—Ese tipo es un auténtico capullo —empezó Berlanga, midiendo bien sus palabras—. Marín, digo. Pero no es para que montes más escenas como la de antes.

—¿Tú crees? Pensaba invitarlo a la comunión de mis hijos.

Berlanga dejó escapar una risa breve, pero la preocupación volvió rápido a su rostro.

—En serio, Javier, deberías considerar lo que te he dicho anteriormente y dejarte de numeritos de taberna. Necesitas un abogado de verdad, no ese de oficio que te asignaron. Y también necesitas un traje que te haga lucir bien, maldita sea. Si hace falta dinero... —No terminó la frase, porque el camarero colocó las raciones frente a ellos. Esperó a que se marchara y prosiguió—. Solo dilo, ¿vale?

Maldonado pensó en la última persona a quien había pedido dinero. Su hermana Silvia, antes de que se marchara a Miami con aquel americano. No había terminado bien. Como todo en su vida.

El expolicía tomó un torrezno, crujiente y dorado, y masticó lentamente antes de responder. El sabor intenso de la grasa caliente lo reconfortó momentáneamente.

—Miguel, sabes que lo agradezco. Pero, después de lo que he visto en ese informe, estoy decidido a negociar con ese imbécil y su abogada. Cerraré la agencia a cambio de que saquen a Marla de todo esto.

Berlanga frunció el ceño.

—¿Estás seguro? La agencia de detectives es tu vida.

—Mi vida es un desastre desde hace tiempo, incluso antes de que me echaran de la Policía —respondió con una sonrisa triste—. Lo menos que puedo hacer es no arrastrarla conmigo. Ella tiene un futuro mejor que el mío. Tal vez se preocupe demasiado por mí, pero no es justo. Si hay algo que puedo hacer por ella, es esto.

Berlanga tomó una croqueta con los dedos, sopló para enfriarla y dio un bocado.

—Por lo menos, estas croquetas están de vicio. Si esto no te alegra el día, nada lo hará.

El detective bebió un largo trago de cerveza, dejando que el frío despejara sus pensamientos. Luego hizo girar lentamente el vaso entre los dedos, dejando escapar un suspiro contenido. A pesar del trago, sentía un nudo espeso alojado en la garganta, pero las palabras no se atrevían a salir.

—¿Sabes...? Olvídalo —musitó al fin, bajando la vista al vaso, incapaz de sostenerle la mirada.

—¿Olvidar qué? —insistió el inspector, curioso—. No puedo olvidar algo que no recuerdo. ¿Qué sucede?

El expolicía dudó un segundo, antes de negar lentamente con la cabeza.

—Nada. Tonterías sin importancia.

Berlanga intuyó que había algo más, pero decidió no presionarlo.

Terminaron de comer en silencio, dejando la atmósfera cargada por todo lo que quedaba sin decir. A pesar del rechazo del inspector, Maldonado pagó con los pocos billetes arrugados que encontró en su cartera, evitando la mirada inquisitiva de su amigo y, sobre todo, la sensación de pena que le daba. No era un mártir ni una víctima. Sabía lidiar con su propio fango.

Al salir de la taberna, la tarde aún no había dado paso por completo a la noche, pero las luces de las calles empezaban a encenderse por la Castellana, bañando Madrid en tonos cálidos de ámbar y dorado.

—¿Vienes a tomar una copa? Mi invitación sigue pendiente —preguntó, casi sin esperanza.

—Tengo familia, Javier, ya lo sabes. Se supone que estoy de servicio.

—No me cuentes historias.

—Algunos aún tienen obligaciones que cumplir —respondió Berlanga con una sonrisa cansada—. Tú deberías descansar. Ha sido un día largo.

—Claro. Saluda a la familia de mi parte.

—¿Te acerco a alguna parte?

—No es necesario. Me vendrá bien el paseo.

Se despidieron con un breve pero cálido apretón de manos. Berlanga caminó hacia las torres inclinadas y el otro emprendió el largo camino hacia Chamberí, deteniéndose en varios bares del trayecto, dejando que el brandy anestesiara su orgullo herido.

***

Finalmente, una hora y media más tarde, estaba apoyado en la barra de la Taberna del Príncipe, frente a su casa, donde pedía una copa de coñac, ya sin saber cuántas llevaba encima. La camarera, acostumbrada a verlo en sus peores noches, finalmente se acercó.

—Detective, creo que ya ha tenido suficiente por hoy.

—En los días como hoy, nunca es suficiente. La última, por favor.

—No hay favor —dijo la camarera—, ya sabe que lleva suficiente encima.

—¿Cómo lo sabes, Marta? —replicó él, balbuceando ligeramente—. Ni yo mismo lo sé.

—Porque ha pedido "la última" cinco veces seguidas.

El expolicía la miró con desaire. Por un momento, fue consciente del ridículo.

—Nunca debí venir a un bar donde saben contar.

—Váyase a descansar.

—Entonces dime qué te debo —dijo, y sacó la cartera, que estaba ya vacía.

—Mañana haremos cuentas, ¿entendido?

El detective levantó la cabeza lentamente, con los ojos vidriosos y rojos, asintiendo en silencio. Estaba borracho, como un beodo, pero logró levantarse con dificultad y salió tambaleándose hacia la fría noche madrileña. Por suerte, solo tenía que cruzar la calle, después el portal y alcanzar el ascensor, pensó. Lo que parecía un juego de niños, ahora resultaba ser una auténtica aventura. Las luces borrosas de las farolas parecían susurrarle algo, quizá burlándose de su derrota.

—Un día cojonudo, Javier —masculló, dirigiéndose lentamente hacia casa.

El teléfono sonaba cuando abrió la puerta.

Nadie llamaba a esa hora con buenas noticias.

Tropezó con el sofá y cayó de bruces.

«Mierda».

El teléfono seguía sonando.

Había conseguido, al fin, derrumbarse en el sofá. Apenas un minuto después, el teléfono sonó de nuevo, arrancándolo del breve sopor con una sacudida. Estiró el brazo y alcanzó el aparato para descolgar.

—Maldita sea… —murmuró, palpando torpemente la mesita hasta encontrar el auricular, que descolgó a ciegas—. ¿Quién demonios llama a estas horas?

—¿Hablo con el señor Javier Maldonado? —preguntó una mujer con acento distante, desde un lugar demasiado lejano para sonar real.

Él apretó los párpados, tratando de concentrarse sin éxito.

—Por poco tiempo... hasta que me duerma.

—¿Disculpe?

—Sí, soy yo. El mismo. Pero si llama para venderme algo, se equivoca de cliente.

—Señor Maldonado —insistió la voz—, llamamos desde el Consulado español de Miami, por un asunto urgente relacionado con Silvia Donovan.

El sueño se evaporó de golpe. Sintió cómo la embriaguez se convertía en hielo en sus venas. La habitación parecía haber encogido en un instante.

—Miami, ¿eh? —murmuró, adormecido.

—Por favor, necesito que me confirme que hablo con Javier Maldonado, hermano de Silvia Donovan.

Escuchar el nombre le produjo una extraña confusión. No podía ser una casualidad, pensó.

—¿Se refiere a Silvia Maldonado?

—Sí. Donovan es el apellido de casada.

«Joder...», lamentó, al recibir la primera noticia.

—¿Qué demonios sucede? ¿Por qué llaman a estas horas?

—Recuerde que son cinco horas menos a este lado, señor... —dijo la mujer y tomó aire. El detective notó cierta angustia en su voz—. Verá, le llamo desde el consulado español para darle una mala noticia... La policía de Florida ha encontrado el cadáver de una mujer española, afincada en Miami. Creemos que es su hermana, la señora Silvia Donovan, pero no portaba documentación y los agentes no han logrado identificar el cadáver...

El detective se quedó sin habla. Como expolicía de la Brigada de Homicidios, sabía lo que significaban las palabras de esa mujer. De pronto, la embriaguez desapareció y se transformó en un profundo dolor de sien. Solo una situación extrema podía lograr que no identificaran un cadáver.

—Esto... no puede estar pasando.

—Desde el consulado, le pedimos que viaje hasta aquí, con tal de reconocer la posible identidad de su hermana. De esa manera, podríamos repatriarla a España, si la familia lo deseara.

«La familia... ¿eh?».

Pero él no respondió. Se quedó inmóvil, con el teléfono temblando ligeramente en la mano, la mirada fija en la pared vacía del salón. Sintió cómo algo dentro de él se rompía en silencio, con un sonido que solo él podía escuchar. De todo lo que podía haber imaginado, aquello era lo último. El auricular resbaló lentamente de su mano hasta caer al suelo con un golpe sordo. El silencio volvió a abrazarlo, ahora denso y más oscuro que nunca.

9

Jueves.

Lo primero que vio Javier fue el teléfono descolgado. Luego, sintió el sabor pastoso en la boca y una certeza aplastante: la llamada referente a Silvia no había sido una pesadilla. Después de treinta años, su hermana había regresado para destruir lo poco que quedaba de él.

Se había quedado dormido allí mismo, en el sofá, con aliento a coñac y el alma al borde del vómito. Todo por una simple llamada.

—Perfecto, Javier —se dijo, con la misma voz sarcástica que usaba en sus días de detective—. Has batido tu récord de autodestrucción en muy poco tiempo. La última vez que bebiste así fue cuando te echaron del Cuerpo.

Colgó el teléfono y respiró hondo. Luego necesitó unos segundos para regresar a la realidad y erguirse sobre el asiento. El movimiento lo sacudió con una náusea que difícilmente logró controlar.

—Mierda —murmuró, al notar la fuerte resaca. Estaba seco, necesitaba un buen trago de agua y una ducha helada para salir de aquel infierno existencial.

Por la ventana del salón entraba la claridad de un día que le parecía nublado, debido a la intensidad de la luz. No sabía qué hora era, pero su cuerpo le decía que apenas había dormido. Era un hombre de sueño escaso.

Echó un vistazo a su alrededor y solo encontró desorden por toda la casa: un cenicero de cristal amarillo repleto de colillas, algunas botellas vacías y una pila de platos sucios, en el fregadero de la cocina que comunicaba con el salón. Nada nuevo para él, aunque en días como aquel la suciedad pesaba más.

Dos aspirinas y agua del grifo. El hombre del espejo le devolvió una mirada acusadora: ojos inyectados en sangre, tres días de barba, la cicatriz de la frente más visible que nunca. La marca del caso Donovan. El caso emocional que nunca consiguió cerrar.

No se quedó más tiempo frente al espejo, por miedo a que ese hombre le dijera algo. Abrió el grifo de la ducha antes de quitarse la ropa y cuando entró bajo el agua, sintió el chorro helado golpeando su cuerpo y su rostro. Era un dolor necesario, aunque más leve que el que cargaban los recuerdos. Todavía no era capaz de discernir si la conversación de la noche anterior había sido real o imaginada, aunque empezaba a intuir que era cierta.

—Silvia Donovan —se dijo, con una profunda tristeza.

—*Javier, estaré bien* —*le había dicho Silvia aquella última noche, antes de subir al avión*—. *Prométeme que vendrás algún día a visitarme.*

—*Lo haré. Cuenta con ello.*

El agua fría le mordía la piel, pero no lograba borrar el eco de aquella promesa incumplida. Una promesa que ahora regresaba para cobrarse su deuda.

«Mi hermana. Mi pobre hermana», pensó, mientras el teléfono volvía a sonar en el salón.

Habían pasado treinta años desde el último contacto. Treinta años sin saber de ella, sin hablar de ella con nadie, como si no existiera. Y, sin embargo, la recordaba cada día, a pesar de haber hecho todo lo posible por borrarla de su vida.

Salió de la ducha y se vistió con ropa limpia: una camiseta de tirantes, una camisa blanca de cuadros y unos vaqueros 501, como los que solía llevar. Después, abrió las ventanas para que el aire renovara el minúsculo apartamento y se llevara el mal olor que lo habitaba. Como si de un ritual se tratase, preparó una cafetera moka en la cocina, metió los platos sucios en el lavavajillas y recogió las botellas vacías y las colillas en una bolsa de basura.

Necesitaba orden. Espacio.

Luego caminó hacia su dormitorio, que conectaba con el salón y la cocina. Abrió el armario y alzó la vista hacia lo alto, donde divisó una caja de zapatos oscura. Necesitaba un peldaño para alcanzarla. Subió con ayuda de una silla y bajó la caja.

La cubierta estaba cubierta de polvo, y no era de extrañar, pensó, pues aquella caja llevaba allí desde que se había mudado al piso. Le temblaban las manos. Esa caja tenía más peso del que aparentaba. De pronto, el gorgoteo de la cafetera lo sacó del trance.

Bajó de la silla, dejó la caja sobre la mesa del salón y apagó el fuego. Sirvió el café en una taza, encendió un light y se apoyó en la encimera mientras fumaba y daba sorbos al café, sin apartar la vista de la maldita caja.

La conocía de memoria. Pero abrirla era otra historia.

El teléfono sonó otra vez, pero él e

speró a que dejaran de llamar. No le importaba quién estuviese al otro lado de la línea. No creía que hubiera nada más importante ahora que su propio conflicto.

—Silvia Donovan.

Con manos temblorosas abrió la caja y una nube de polvo y recuerdos se alzó hacia la luz. Encima de todo, como un reproche, la fotografía: Silvia y él, frente a la comisaría, el día en que se graduó en la academia.

«Allá vamos», pensó con amargura.

Silvia lo miraba desde la foto con la misma sonrisa confiada de siempre. Él, en cambio, sabía que esta vez tendría que terminar lo que empezó hace treinta años.

10

Arrojó la postal de Miami sobre la mesa. Para él, cualquier tiempo pasado no había sido mejor, solo diferente: de joven policía con futuro a detective sin licencia, acorralado por los fantasmas de su hermana desaparecida.

Las fotografías de Silvia lo devolvieron al Madrid de los noventa: jeringuillas junto a coches en Malasaña y noches persiguiendo camellos por Gran Vía. Una época en la que él aún creía en la justicia y su hermana todavía sonreía a la cámara, antes de que el Atlántico y veinte años de silencio los separaran para siempre.

«Silvia sonriente en la universidad.»

«Una foto navideña familiar donde él aún sonreía despreocupado.»

Una década que se enfrentaba a una España que navegaba en una crisis económica, tras el polvo mal dado de los ochenta y con una sociedad revuelta.

Maldonado había visto suficiente sangre para toda una vida. Pero todo aquello nunca lo asustó. El entonces policía no tardó en hacerse un hueco en la comisaría Centro de la calle de Leganitos. Comenzó desde lo más bajo, haciendo binomio con Berlanga, que, por esa época, igual que él, era un agente raso. De allí surgió una amistad que duraría hasta el presente. Poco después, debido a la falta de personal cualificado, ambos destacaron en la Brigada de Homicidios, gracias al instinto y la lucidez que tenían para dar con el paradero de muchas personas desaparecidas.

Los dos se repartían el trabajo: él era bueno siguiendo el rastro de los sujetos, haciendo preguntas a terceros y elaborando teorías sobre sus paraderos; por su parte, Berlanga tenía un gran talento para valorar algunas pistas útiles y desechar el resto. El trabajo en equipo les sirvió para ganarse la confianza del comisario de entonces y asegurarse un lugar en una comisaría conflictiva, llena de perros guardianes y de vieja escuela. Para el expolicía, aquellos fueron los auténticos años de formación.

En lo personal, la vida le sonreía: tenía una relación estable con Loreto, una chica alicantina que vivía en la ciudad y con la que llevaba unos años saliendo. Además, el banco le había concedido la primera hipoteca para comprar el piso de la calle de Ilustración, en una zona que, por entonces, no era la mejor de la ciudad. Finalmente, quedaba la familia. Por aquella época, sus padres aún vivían en el piso familiar de Imperial, cerca del Vicente Calderón, aunque la relación con ellos no era la mejor. Así que le quedaba Silvia, su hermana, cinco años menor y con otra visión de la vida. Una visión laxa, poco rígida, y con la que el detective simpatizaba más bien poco.

A sus ojos, Silvia siempre sería una niña, pero lo cierto es que se había convertido en una joven morena y hermosa, atractiva y con ganas de vivir la vida, como toda la gente joven de entonces. A pesar de tener cinco años más que ella, él había visto suficiente miseria y desgracia en muy poco tiempo, así que sabía lo que les ocurría a chicas como Silvia cuando se juntaban con quienes no debían.

Mientras el hermano perseguía criminales en Carabanchel y patrullaba con Berlanga, ella bailaba en Pachá y coleccionaba novios que le ponían los pelos de punta al policía.

—Algún día voy a tener que esposar a uno de tus ligues —le advirtió una noche. No imaginaba cuánta razón tendría años después.

Observó las fotos con detenimiento, recordando cada época de su juventud, hasta que se le contrajo el rostro en un gesto amargo.

«Silvia despidiéndose en Barajas, rumbo a los Estados Unidos, décadas atrás.»

Contempló la fotografía durante unos segundos, recordando aquel día. Ese fue el primer viaje del fin de su relación. Silvia se fue un verano a Orlando, a buscarse la vida y trabajar de manera ilegal en un puesto de comida rápida.

Eso fue lo que les contó a sus padres, pero él nunca la creyó. No quiso saber la verdad, aunque la intuyó.

Cuando Silvia cruzó el charco, él ya era inspector. Y empezaba a ahogarse bajo el foco mediático y el olor a podredumbre que venía de arriba.

Por desgracia, el país se acercaba a una crisis económica devastadora, la del ladrillo, y la desesperación estaba presente en la calle. En cuanto a Silvia, se había convertido en un problema para el inspector. Sin hijos y con un largo historial de exnovios violentos y maltratadores, no pasaban dos semanas sin que Maldonado tuviera que prestarle dinero para pagar el alquiler o, simplemente, ofrecerle el sofá de su casa para que durmiera allí mientras buscaba un trabajo. La existencia de su hermana no solo le provocaba más ansiedad en su vida personal, sino que suponía una piedra en su relación con Loreto, quien acabó obligándolo a elegir entre su hermana o ella.

No lo pensó y terminó su relación. Aquel fue el primero de muchos errores. El problema nunca había sido Loreto, sino la sensación de que debía proteger a Silvia, como hermano mayor. Sin embargo, tardó en aceptar que las personas como Silvia no pueden ser protegidas sin que hagan daño a quienes tienen cerca.

Al fondo de la caja, la postal. Y con ella, el peso de décadas que le oprimían el pecho.

Era una vieja postal de Miami Beach, escrita por Silvia, a la que nunca respondió. Un chispazo mental lo atravesó al recordar el día que la recibió. Otro, ahora.

Silvia se había ido de casa tras una fuerte discusión, al pedirle dinero para viajar a los Estados Unidos. Él se negó a darle y le advirtió que dejara en paz a sus padres. Ella enfureció como una bestia, desesperada. Para entonces, Silvia había pasado de ser una chica inocente de veintipocos a una mujer experimentada, con fuertes dependencias emocionales y toxicómanas. Como hermano, le partía el alma verla echar su vida por el desagüe, y sabía que viajar a los Estados Unidos sería el inicio de su infierno personal.

Tras varios días de tensión y una última y dura discusión, el policía dejó un sobre con dinero sobre la mesa del salón, advirtiéndola de que lo tomara para largarse del país. No volvería a pisar por su casa, ni en su vida. Pero ni la advertencia la hizo cambiar de parecer. No dudó en tomar el sobre y cruzar el charco. Y esa fue la última vez que hablaron en persona.

En el reverso del cartón envejecido había un mensaje:

«Ven a verme. Tengo un sofá para ti. Esto es como en esas películas baratas donde los finales felices nunca llegan. Firmado: tu hermanita, que siempre te echa de menos».

Un nudo frío se cerró en la garganta del detective. Las manos le temblaron mientras la postal se le caía lentamente al suelo. Cerró los ojos, sintiendo cómo un dolor agudo y viejo le atravesaba el pecho, devolviéndole cada error del pasado.

El teléfono fijo sonó otra vez esa mañana.

El sabueso había logrado ignorarlo las dos primeras veces, pero ya no podía fingir que no existía. La resaca no ayudaba y el café seguía enfriándose en la mesa, intacto.

Descolgó el auricular, con un gruñido.

—Maldonado al habla.

—Le habla Ernesto Aguilar, su abogado. —La voz al otro lado destilaba el entusiasmo de un funcionario en viernes a las tres—. Llevo intentando localizarle desde hace días. O tiene problemas con el teléfono, o los tiene conmigo.

—Tengo problemas con todo el mundo, Aguilar. Es parte de mi encanto.

—Su encanto no impresiona a la jueza Salgado. La suspensión de licencia es solo el aperitivo, si sigue ignorando las citaciones.

—¿Para qué? ¿Sigue trabajando como abogado?

—No se lo tome a broma, Javier. Su situación es grave. ¡Muy grave!

El tono de Aguilar se volvió cortante, como si estuviera cansado de repetir la misma advertencia una y otra vez.

—Vaya, ¿de verdad? Porque juraría que ya me lo dijo la última vez que hablamos —contestó, encendiendo un light mientras miraba la caja abierta sobre la mesa—. Dígame una cosa, Aguilar. ¿Le gusta su trabajo?

—Hago lo que puedo, ¿entendido?

—Entre eso y no hacer nada, no hay una gran diferencia...

—Le estoy hablando en serio. El embargo de su oficina sigue su curso y, si se ausenta, las consecuencias serán aún peores.

—¿Peores? Me están entrando ganas de largarme del país.

—¿Qué? ¡Ni se le ocurra! Sería considerado un acto de rebeldía ante el proceso judicial. Podrían dictar prisión preventiva, si creen que intenta fugarse.

—¿Prisión preventiva? ¡Venga ya, Aguilar! —rugió, con una mezcla de sarcasmo y enfado—. Soy un detective privado sin licencia, no un maldito político corrupto. ¿Qué va después? ¿Ponerme grilletes?

—Eso no le exime de cumplir con la ley —insistió—. La denuncia de la Agencia Alcázar es sólida. Muy sólida. Pedro Marín ha movido influencias. Y Montechalado tiene amigos hasta en la sopa. Si abandona el país ahora, está acabado.

—No, Aguilar. Ya estoy acabado, ¿entiende? —Golpeó la mesa con fuerza, derramando café frío sobre las fotos—. Y usted no es más que un espectador barato que no hace una mierda mientras me ve hundirme.

—Le recomiendo que coopere. Que presente toda la documentación posible para demostrar que no estaba ejerciendo sin licencia. ¡Y que deje de rechazar mis llamadas! —La voz de Aguilar subió de tono, como si hablara con un crío de escuela—. Mire, soy su defensa. Sé que soy de oficio y no crea que acostumbro a pelear con tiburones como Montechalado.

—No, de eso no tengo duda.

—Puedo ayudarle... si me deja hacer algo más que ver cómo se hunde.

De pronto, se quedó observando el pedazo de cartón.

—¿Sabe qué, Aguilar? Está despedido.

—¿Perdón? —La voz de Aguilar tembló ligeramente, perdiendo su habitual tono burocrático—. ¡No puede despedirme!

—Escuche bien, Aguilar. Puedo hacer lo que me dé la maldita gana. No necesito espectadores, necesito un abogado con agallas. Y usted no las tiene.

—¿Cómo se atreve?

—He decidido que voy a negociar con Marín y su abogada. A cambiar un trato, como en los viejos tiempos.

—Si negocia con ellos, se está condenando solo. La ley no funciona así. ¿Está usted loco?

—Un poco, sí. La verdad.

—¡Se va a arrepentir! Le doy una semana antes de que Montechalado lo hunda del todo —dijo Aguilar y dejó escapar un suspiro furioso—. Pero adelante, haga lo que quiera. No me busque cuando todo se derrumbe.

—Tranquilo, Aguilar. No pienso buscarle.

Colgó el teléfono, encendió otro cigarrillo y se dejó caer en el sofá, ignorando la taza de café que ya estaba fría. No necesitaba calor, sino respuestas. Respuestas que nadie iba a proporcionarle. Ni Berlanga, ni Aguilar, ni nadie. Solo él mismo.

Pensó de nuevo en la llamada del consulado. La voz de aquella mujer informándole de la muerte de su hermana. Silvia Donovan. No Silvia Maldonado. Un apellido que revelaba un matrimonio del que nada sabía, otra vida construida lejos de él. Veinte años de silencio para terminar identificando un cuerpo en una morgue de Florida. Ni siquiera tenían la certeza absoluta.

«Las huellas coinciden parcialmente, pero necesitamos un familiar para la identificación definitiva.»

Pero él la tenía. Siempre había confiado en su instinto, ese que le había salvado el cuello en más de una ocasión. Y ahora, ese mismo instinto le decía que su hermana estaba muerta. Y que alguien, en alguna parte, lo había decidido así.

«Debes ir a Miami».

Pero la voz le sonó lejana, como si perteneciera a otro hombre.

Se levantó y fue a la cocina. Tomó la botella de whisky medio llena y se sirvió un vaso. No importaba que fueran las diez o las once de la mañana.

«Al infierno todo».

Apuró el destilado de un trago y marcó el número de Berlanga. Luego sacó el número de teléfono y buscó el número de la agencia de viajes que anunciaba aquellos vuelos al extranjero.

—Necesito un favor. —No se molestó en saludar—. Un billete a Miami para mañana.

Miró la fotografía de Miami mientras entregaba los datos a la comercial de la agencia.

—¿Por mucho tiempo?

—Solo un par de días.

—Entiendo que viaja por motivos laborales.

—Más o menos.

«Este es mi último caso. Y necesito saber si tengo un cuñado viudo o un asesino por encontrar.»

En efecto, aquel sería su último caso y él, su propio cliente. No importaba qué consecuencias tuviera para su agencia, ni para él mismo, a pesar de las reiteradas advertencias de ese abogado patán. Porque, tal vez, Silvia estaba muerta, y eso ya no tenía arreglo. Pero él aún podía hacer algo por ella. No iba a Miami por redención. Iba por respuestas. Y por venganza, si era lo único que le quedaba.

11

El detective arrancó el cable del teléfono como si pudiera reventar con él la noticia. Necesitaba pensar con claridad. La muerte de su hermana le había nublado la mente. No quería más llamadas, más ruido externo ni más gente recordándole los problemas por el auricular. Salir del país no era la opción más adecuada, si no quería terminar en un agujero entre barrotes. Jamás se había visto así: sin salidas, sin red. Siempre había zafado, pero esta vez no. Hasta la fecha, todos sus problemas se habían resuelto, de una manera u otra. En el fondo, lo que menos le importaba era el futuro de la agencia. Encontraría otro trabajo, pensó, de guardia de seguridad, de asesor o incluso de oficinista, se dijo.

Lo que fuera, con tal de pagar las facturas.

Viajar a Miami no era para identificar un cadáver. Eso era el decorado, la fachada legal para justificar un billete de ida. Lo que quería, lo que necesitaba, era seguir el rastro de sangre hasta encontrar al desgraciado que había hecho esto. Y entonces, ajustar cuentas. Una vez allí, se dijo que, en cuanto hubiera terminado el paripé, comenzaría la cuenta atrás para encontrar al asesino de Silvia.

Observó la postal que guardaba y se imaginó la ciudad del subtrópico: humedad y edificios art déco, como había visto en la televisión, en las películas de mafiosos y en series como Miami Vice. En el fondo, jugar a los detectives en Miami suponía un enorme riesgo, más allá del económico y del burocrático. Había oído historias, anécdotas que estaban muy por encima de lo que se cocía en Madrid. Así que dedujo que lo mejor que le podía pasar, en el peor de los casos, era que lo deportaran.

«Miami. Demonios... ¿Qué carajo sé yo de Miami?».

Mafiosos, turistas, palmeras y asesinatos. Era lo único que le venía a la mente.

«Todo lo que un tipo sensato no haría. Por suerte, nunca lo he sido. Qué diablos. El que nada tiene, todo lo juega».

La resaca le martilleaba las sienes. No importaba. Sirvió whisky DYC en un vaso sucio.

El apartamento era un reflejo de su vida: ceniceros rebosantes, vasos vacíos, facturas sin pagar.

Y sobre la mesa, la postal de Miami. Un recordatorio. Una promesa.

Dio un sorbo al vaso de segoviano y comprobó la cuenta bancaria. El poco dinero que le quedaba tampoco le daba muchas esperanzas para quedarse en la ciudad.

Si todo seguía como estaba previsto, le iban a embargar hasta el apellido. Estaba acostumbrado a que el dinero entrara y saliera de su vida como el huésped de un hotel. Sin embargo, siempre terminaba encontrando una salida.

Incluso ponderó la posibilidad de sacarse una licencia como detective profesional, llegado el caso, cuando regresara de Miami. Pero eso era lo de menos en ese momento. Debía decidir entre salir del país y romper las reglas, meterse en un marrón de tres pares de pelotas e investigar la desgracia de Silvia, o quedarse allí, haciendo frente a su destino, viendo cómo los malos ganaban y él perdía. Respiró hondo y miró hacia la puerta. Era tentador largarse y empezar de cero. Por desgracia, lo que realmente le frenaba para marcharse era Marla.

«Joderme a mí es una cosa, pero arrastrar a Marla conmigo...»

El recuerdo del expediente le quemaba la memoria.

Sabía que Montechalado y Marín no se detendrían hasta verlo en la ruina. Y a ella también.

—La chica no merece esto. Nadie lo merece —dijo para sí mismo, mientras su rabia se mezclaba con la culpa, con ese instinto maldito de proteger a quienes se acercaban demasiado. Si ese abogado de pelo grasiento era capaz de ir a por él y por la secretaria, no se perdonaría en el futuro que la chica tuviera manchado su historial de por vida. Tal vez no pasara nada, o quizá tuviera que hacer frente a un pago que no podía afrontar. En cualquiera de los casos, no era su responsabilidad, ni su problema. Dejarla en pañales era un acto de cobardía por parte del detective.

Terminó el whisky con un trago seco y se quedó mirando el teléfono arrancado de la pared.

Tenía que hablar con Marla, advertirla del lodo en el que la habían metido. Pero algo en su interior le decía que, si la veía en esos momentos, podría ser la última vez.

Tenía un mal presentimiento cuando Marla no descolgó el teléfono de la oficina.

***

Era tarde, aunque no lo suficientemente tarde como para que hubiese salido del despacho. Para entonces, la jornada laboral de Marla era indefinida, pero, esos días de tanta notificación, la secretaria cumplía a rajatabla su horario, a la espera de algún encargo de última hora que ayudara a sanear las cuentas.

Maldonado salió de casa con el corazón bombeando en sus sienes y el sabor amargo de la resaca aún en la lengua. Algo estaba mal. Muy mal. Cada paso por la Plaza de España se sentía más frágil, como si la ciudad misma le advirtiera que era demasiado tarde. Cuando llegó al edificio, tomó el ascensor y pulsó el botón que lo llevaba a su oficina. La sorpresa no pudo ser mayor cuando las puertas se abrieron. Al final del pasillo, frente a la entrada de su despacho, vislumbró la silueta de la pelirroja, forcejeando con tres hombres a los que no reconoció. Dos iban vestidos con ropas de trabajo y el tercero vestía un traje.

«Maldita sea».

Uno.

Dos.

No debía meterse en problemas.

Ya lo tenía todo en contra y, aun así, sus pies avanzaban antes de que su cerebro lo aprobara. Una vez más, lanzándose de cabeza a la pelea.

No podía evitarlo. Ni quería.

Tres.

El corazón le dio un vuelco y, sin pensarlo dos veces, corrió hacia ellos.

Uno de los hombres intentaba detener a Marla, mientras que otro trabajaba en la cerradura de la puerta.

—¡Dejadme en paz! —gritaba la chica—. ¡Ayuda!

El expolicía no pensó. Actuó.

—¡Suéltala, cabrón!

Su puño conectó con la mandíbula del tipo. Sonó un chasquido seco. El crujido de un diente partido. El dolor de la carne cediendo bajo los nudillos.

El hombre retrocedió tambaleándose, con los ojos desorbitados por la sorpresa y el dolor.

—¡Javier!

—¿Qué hace?

—¡Marla!

—¡Cuidado!

Todo pasó tan rápido que apenas tuvieron tiempo de intercambiar más palabras. Tras la sacudida que había dado, otro de los hombres se acercó por la espalda del detective y le propinó un porrazo en el hombro, que lo redujo al suelo.

—¡Ah!

—¡No! —gritó ella—. ¡Dejadlo!

—Usted, ¿quién carajo es?

—¿Y usted, lunático?

Desde el suelo, vio cómo el agresor portaba una llave inglesa de gran tamaño en la mano. El dolor aumentaba por segundos. El impacto le había dado de lleno en la clavícula y tardó varios segundos en comprender lo que estaba sucediendo. Una vez más, no había hecho más que empeorar el asunto.

—¿Qué demonios hacéis en mi oficina?

El hombre al que había golpeado se levantó del suelo, con la cara inflamada por el puñetazo y unas enormes ganas de pagar el malestar con el detective.

—Vienen de la empresa de cerrajería —explicó el tercero, que iba vestido de manera formal—. Yo soy el procurador, y estos hombres están aquí para cambiar la cerradura de su despacho, señor. El juez ha procedido al embargo.

—¿Procura... qué? Joder... ¿No debería de haber un policía con ustedes?

El procurador miró al resto de testigos.

—Consideré que no sería necesario, dado su caso particular. Pero me he equivocado...

—Ya lo creo que sí —dijo, y tendió la mano para que alguien le ayudara a levantarse. Solo Marla se acercó a él—. Gracias. ¿Estás bien?

—Sí.

—¿Por qué gritabas? Pensé que te estaban haciendo daño...

—Es nuestra oficina, Javier.

—Maldita sea, Marla... —lamentó, y se dirigió al procurador—. Lamento que haya sido un malentendido, pero pensaba que...

—Ahórrese las excusas. Esto también quedará en acta.

El detective miró al hombre que había golpeado.

—¿En serio?

El tipo se acercó a él, aún dolorido, y lo miró con gesto enfadado.

—¿De verdad que vamos a meter más leña al fuego? —insistió el detective al procurador.

Este miró al hombre de la empresa de cerrajería.

—No sé, ¿qué piensa?

—¿No podemos llegar a un acuerdo?

El hombre se acercó al detective, se quedó frente a él y luego le propinó un puñetazo en la boca del estómago. El golpetazo fue tal, que el sabueso se retorció del dolor hasta casi perder el sentido.

«Oh, mierda...».

—Estamos en paz —dijo el empleado.

—La cerradura está cambiada —respondió el otro.

Maldonado seguía con los ojos cerrados, aguantando el dolor de la sacudida.

—En ese caso, nuestro trabajo ha terminado. Lamento su situación, pero me debo a mis asuntos, como usted, a los suyos... —dijo el procurador, y miró al detective de reojo, con pena, mientras su rostro seguía colorado—. Que tengan un buen día.

Los tres hombres abandonaron el pasillo y desaparecieron por el ascensor.

—¿Estás bien? —le preguntó Marla, sujetándolo del brazo para que no cayera.

—Ese cabrón ha hecho diana en mi estómago...

—Todo lo que somos está ahí —murmuró Marla, sin moverse—. Y ya no nos pertenece.

—De eso, querida Marla... venía a hablar contigo. Será mejor que vayamos a un lugar más acogedor.

12

En el Café Varela, el murmullo de los clientes se desvaneció cuando Marla lo miró fijamente, con los ojos muy abiertos.

—¿Miami? —repitió ella, incrédula—. ¿Te vas a Miami? ¿Estás de broma?

Como policía, quizá tuviera un talento a la hora de encontrar personas desaparecidas, pero las palabras y el tacto nunca habían sido su fuerte.

Ni tampoco ocultar información.

Suspiró, con el pensamiento clavado en la postal de Miami que había sacado de la caja de recuerdos.

—Sí. Me voy. Y no, no es una broma.

Ella dio un respingo, indignada. Sus ojos saltaban, buscando respuestas. Él podía oír las preguntas estrellándose contra su cráneo.

Finalmente, tras un silencio incómodo, Marla sacudió la cabeza. Se apartó un mechón de pelo de la cara y tragó saliva, como si intentara digerir algo imposible.

—No tiene sentido, Javier.

—Sabía que dirías eso.

Ella suspiró.

—Cállate, ¿vale? —respondió, enfadada—. ¿De qué va todo esto?

—Voy a ser claro, Marla. Ya no queda nada para mí aquí. Ni agencia, ni despacho... ni siquiera un colchón donde caerme muerto. Y lo peor es que tú también estás metida en esto.

Los ojos de la chica se encendieron y lo señaló con el índice.

—Eso me importa un carajo, como sueles decir.

Varias cabezas se giraron. La tensión rompía el murmullo del local.

—¿Así que la solución es largarte al otro lado del mundo? ¿Huir como un cobarde? Eso, en el mejor de los casos, si no te atrapan antes.

—No es huir. Es... un cambio de frente. Algo que tengo que hacer.

—¿Es por esa llamada del consulado?

—Más o menos. Debo viajar a Miami.

—Detestas los Estados Unidos. ¿Pretendes que me trague eso?

Él la miró. Las palabras le quemaban la garganta.

—Es por mi hermana. Está muerta, Marla. Y nadie parece saber por qué. O peor, a nadie parece importarle. La llamada era para que fuese a reconocer el cadáver. Así que, si no voy a Miami, nunca averiguarán si es realmente ella... o no.

Marla se quedó muda y parpadeó, sorprendida.

—No sabía que... tenías una hermana.

—Pues sí. Es complicado, ¿sabes? Pero me voy. Tengo que hacerlo y el tiempo se acaba. Sea lo que sea lo que le pasó a Silvia, no puedo quedarme aquí y hacer como que no ha pasado nada.

—¿Por qué nunca has hablado de ella?

«Porque hace décadas que no hablo con ella».

—No teníamos relación. Te lo explicaré todo cuando regrese, cuando llegue el momento oportuno.

—Entiendo. ¿Y nosotros?

—No te pido que me esperes. No espero nada de nadie, Marla. No quiero que te manchen. Ya hay bastante mierda con mi nombre encima. No dejes que esos cabrones te arrastren conmigo.

—¿Y si te meten preso por lo del embargo?

Ella intentó mantener la compostura, pero su voz temblaba.

—No lo harán, si no estoy aquí —respondió él, encogiéndose de hombros—. No tienen pruebas suficientes para eso. Solo quieren joderme porque Alcázar está metiendo mano.

—¿Y si no vuelves?

La voz de Marla se apagó a medida que completaba la frase. Él asintió lentamente, reconociendo la verdad detrás de esa pregunta.

—Entonces te habrás librado de un problema.

—Eso no es justo, Javier.

Por un momento, se lo pensó dos veces. Metió la mano en el interior del abrigo, puso un sobre amarillo sobre la mesa y lo empujó hacia ella.

Los ojos de la chica lo miraron con recelo. Había visto muchas veces ese gesto. Sabía lo que había dentro del sobre.

—Escúchame. Lo único que tienes que hacer es cerrar la sociedad, el despacho, legalmente hablando.

—Javier, espera...

—Se acabó la agencia —sentenció, mirándola a los ojos—. Han sido mis mejores años, de verdad, pero es hora de que nuestros caminos se separen.

—Es una decisión de los dos.

—No, no lo es. Si quieres hacer algo por nosotros, asegúrate de que todo quede en orden y desaparece. Luego, consíguete un trabajo decente, uno que no tenga nada que ver conmigo, ni con esta actividad. Quema archivos, si hace falta. Pero no dejes que te metan en esto. Créeme, Marla. Es por tu bien.

—¿Por mi bien? Me sacas de tu vida, de la vida que quiero para mí.

—Nadie quiere esta vida, de verdad.

Marla tocó el sobre con la punta de los dedos, como si pudiera quemarla.

—Me pides que borre nuestro pasado —su voz se quebró ligeramente—. Que finja que nunca exististe mientras tú... ¿qué, Javier? ¿Te escondes entre palmeras? ¿Acabas en una celda? ¿O simplemente me dejas atrás?

Sus nudillos se habían puesto blancos alrededor de la taza de café.

—¿Cómo puedes pedirme eso?

—Berlanga te ayudará, si decides hablar con él.

—¿Está al corriente de esta historia?

«Ni por asomo».

—Eres la única persona que conoce mis planes. Él lo sabrá, a su debido tiempo.

Marla apretó los labios hasta dejarlos blancos.

A pesar de su esfuerzo por aparentar templanza, la secretaria parecía a punto de romperse, pero él no podía permitirse el lujo de consolarla.

—Prométeme una cosa, Javier.

—Puedo intentarlo.

—Dime que volverás cuando termines lo que sea que vas a hacer.

El detective tragó saliva. Sabía que no podía hacer esa promesa.

—Marla...

—Promételo... o no volverás a saber de mí.

La chica le ofreció la mano, desde el asiento.

Él tomó aire y la estrechó.

—Te enviaré una postal. Con suerte, no irá con sello mortuorio —respondió, levantándose de la mesa.

Con los ojos llenos de rabia y lágrimas contenidas, Marla lo miró cómo se marchaba.

Salió del café sin mirar atrás. Por el rabillo del ojo, podía sentirla, ahí, a la mesa, confundida, con ganas de llorar, de que el mundo la tragara para siempre. Era un momento duro, pero él no debía dejarse llevar por las emociones pasajeras. Pronto, ella se olvidaría de él. Siempre sucedía y él era consciente de ello.

Madrid lo golpeó al salir: gris, ruidosa, indiferente. La ciudad que nunca lo echaría de menos.

El tráfico rugía en Santo Domingo. La gente caminaba apurada hacia Callao, p

ero el detective ya estaba lejos. En su mente, el avión despegaba y Madrid se empequeñecía hasta desaparecer.

No iba a Miami a morir. Iba a buscar respuestas.

Y si la muerte llegaba primero, que así fuera.

Al menos habría intentado saldar cuentas con Silvia.

Al menos habría intentado hacer algo bien, por última vez.

13

Viernes.

Día 1.

Fue un viaje tan largo y pesado como una mala noche bañada en sudor y palpitaciones. Detestaba los vuelos de larga distancia, así como la comida que servían y el menú de películas que ofrecían para entretener. Simplemente, su sitio estaba en tierra firme. Bajó del avión con las articulaciones molidas, el coxis destrozado y una punzada incómoda en el cuello, que no había dejado de atormentarlo desde que salió de Barajas. Ni el vino surtió efecto. Solo le dejó la boca pastosa y la cabeza aún más pesada.

Tras pasar más de nueve horas embutido entre dos turistas empeñados en comentar cada película del vuelo, aterrizar no supuso precisamente un alivio. Mientras avanzaba por el pasillo de desembarque, notó cómo una bofetada de humedad y calor le azotaba el rostro, pegándose a su piel. El aire era una manta empapada que le envolvió los pulmones en cuanto pisó la pasarela. Hasta el aliento sabía a sal y a cloro de piscina.

«Bienvenido a Miami, Javier», pensó con ironía. Llevaba ropa de más y sintió la urgencia de quitársela.

La terminal era un enjambre turístico. Bermudas, camisas hawaianas, gritos infantiles etc. Una niña con gorrito de Mickey le golpeó la rodilla con su maleta rosa.

—Oh, Dios...

Spring breakers bebiendo a las once de la mañana. Miami en su esplendor. El detective se abrió paso entre ellos con la vieja maleta de cuero en una mano y el Barbour colgando del hombro. Allí, aquel abrigo solo sería un lastre. Apenas llegó a la aduana, mostró el pasaporte. El agente de control comprobó la fotografía y le hizo algunas preguntas en español.

—¿El motivo de su visita?

—Vacaciones.

—¿Es la primera vez que viaja a los Estados Unidos?

—No, por desgracia.

Las preguntas eran mecánicas, pero el sabueso notó los ojos del agente escudriñándole las pupilas. Como si ya supiera que «consultor» era solo otro sinónimo de mentiroso.

—¿Cuánto tiempo se quedará en los Estados Unidos?

«El justo y necesario».

—Unos días, supongo.

—¿A qué se dedica?

—Soy consultor. Tengo una pequeña oficina en España. Trabajo con particulares.

El hombre lo miró de nuevo y le devolvió el pasaporte.

—Bienvenido a los Estados Unidos de América.

Se alejó y siguió caminando, riendo del embuste que acababa de soltar.

«Consultor… Bueno, todo será posible en el futuro», se dijo con sorna. Cuando salió de allí y cruzó el pasillo que llevaba a la salida, vislumbró a un hombre delgado, con gafas, aspecto diplomático y expresión amable, sujetando un cartel con su apellido escrito en grandes letras negras.

—¿Señor Maldonado?

El sabueso miró a ambos lados, indeciso.

—Puede ser.

—Soy Alberto Rivera, del consulado español —se presentó, ofreciéndole una mano flácida—. Lamento profundamente las circunstancias. Imagino que el viaje habrá sido largo…

—Pensaba que me recibiría su compañera.

—No.

—Es igual. Digamos que prefiero olvidar las últimas horas de mi vida.

Le estrechó la mano, con poco ánimo.

—Lo entiendo perfectamente. ¿Me permite acompañarle?

Caminaron hacia la salida, esquivando a los viajeros que iban en dirección contraria. Rivera avanzaba como si le persiguiera un expediente disciplinario, con pasos nerviosos y manos inquietas que no dejaban de ajustar sus gafas de montura fina. Su voz —un torrente incesante de protocolos y burocracia— revelaba a un hombre atrapado entre la obligación diplomática y el miedo a cometer un error. Maldonado dejó de escucharlo, al tercer «según el procedimiento establecido».

Para el detective era fácil desconectar de tipos como aquel. Tenía práctica. Lo había hecho durante toda su carrera.

—Usted, ¿es policía? Si no entendí mal.

—Lo fui.

—Ajá. Algo me sonaba... —dijo, intentando mantener una conversación cordial que los alejase, por unos minutos, del drama de la realidad—. ¿Y ahora, a qué se dedica? ¿Sigue en el sector?

El detective sonrió vilmente.

—No, me alejé de todo eso. Soy consultor.

—Vaya.

—¿Qué ocurre?

—No, nada...

Afuera, bajo un sol cegador, les esperaba un Ford negro que brillaba como un ataúd recién pulido. Junto a él, un hombre robusto y de rostro endurecido se apoyaba fumando un cigarrillo. Maldonado supo al instante que era policía, por la forma en que se mantenía erguido, por la mirada fría y desconfiada, y especialmente por cómo lo examinó de pies a cabeza. También sospechó que, por esa misma razón, el diplomático le había hecho algunas preguntas sobre su oficio.

—Detective Broward, del Departamento de Policía de Miami —dijo Rivera, con cierto nerviosismo en la voz—. Está asignado al caso de su hermana.

Broward exhaló el humo lentamente, dibujando un círculo perfecto en el aire. Como si estuviera poniendo un sello oficial sobre la conversación: caso cerrado. Su camisa clara lucía manchas húmedas bajo los brazos y en el pecho, pero parecía acostumbrado a ignorarlas.

—*¡Welcome to Miami,* Maldonado*!* —saludó el detective, con un tono en el que había de todo, menos hospitalidad.

—¿Habla español?

Rivera miró a Broward de reojo. El policía dio un respingo.

—Por supuesto.

—Ya decía yo...

—Lo siento por su hermana. Pero esto no es CSI. Aquí la gente desaparece y nadie parpadea.

—La verdad, detective, me conformaría con algo que en España llamamos justicia —respondió, sin pestañear. El americano no encajaba del todo en el perfil de quien cree en la justicia. Soltó una risa breve y cínica, y apagó el cigarrillo con el tacón del zapato.

—Le voy a ahorrar tiempo y dinero, *my friend*. Esto es Miami, no Madrid. Aquí, las personas desaparecen como billetes en un casino. —Hizo un gesto de contar con los dedos—. Drogas, deudas, amantes equivocados. Cierre los ojos y señale. La ruleta de la desgracia siempre acierta en esta ciudad.

—Encantador recibimiento —dijo y miró de reojo al funcionario del consulado, que desvió la vista, avergonzado—, pero no sé a qué viene eso. Soy un simple turista.

—Si quiere hospitalidad, hay unos cuantos resorts magníficos en la playa —replicó el policía—. Pero si lo que busca son respuestas, prepárese para decepcionarse.

«Cazado al vuelo».

Sin decir más, Broward abrió la puerta trasera del Ford, indicándole que entrara. Maldonado respiró hondo, tratando de mantener su temperamento bajo control.

«*Prepárate, my friend, porque...* Menudo imbécil».

Esperó a que Rivera tomara asiento junto a él, y en silencio absoluto partieron hacia la morgue.

14

El Ford negro rugió al alejarse del aeropuerto, tragándose la autopista entre coches que refulgían bajo el sol de Miami. El aire acondicionado del coche apenas disimulaba el olor a tabaco rancio y desinfectante barato. A través de la ventanilla, el investigador vio la ciudad en una sucesión de postales sensoriales: palmeras inclinadas por la brisa salina, carteles de neón medio fundidos, turistas sonrojados bebiendo cócteles de colores imposibles. El calor parecía fundir los bordes de la realidad, como si todo sucediera detrás de un cristal sucio de motel barato. No sabía decir si era tal como lo había imaginado todos esos años, pues le costaba diferenciar entre la realidad y un escenario de película.

—¿Cuánto falta? —preguntó, sin apartar la mirada de la ventanilla.

—Diez minutos... salvo que alguien decida liarse a tiros. —Broward sonrió con malicia—. Entonces podría alargarse bastante.

Rivera soltó una risa nerviosa y Maldonado clavó la mirada en el americano.

—Solo bromeaba —dijo este.

El sabueso volvió a mirar por la ventanilla. Ese americano no tenía ni idea sobre qué era gracioso y qué no.

Pasaron junto a una playa abarrotada, donde cuerpos dorados se retorcían bajo el sol como langostas en una olla. A sus ojos, las chicas tenían figuras de sirena y ellos unos cuerpos de Adonis. Más allá, los yates blancos se mecían en el puerto, indiferentes. Miami sonreía al español, con dientes de tiburón. Y él, sin saberlo, ya tenía los tobillos en su garganta.

La morgue del condado de Miami-Dade se hallaba en un edificio bajo y anodino, pintado de un blanco sucio por la humedad. Maldonado salió del Ford en silencio, aún digiriendo el desprecio mal disimulado del detective Broward. La sensación pegajosa del calor no cedía y el aire se sentía tan espeso como sus dudas.

Dentro del edificio, un pasillo lúgubre de linóleo desgastado los llevó hasta una sala fría, iluminada con tubos de luz que parpadeaban intermitentemente. Rivera parecía haber perdido la capacidad de hablar, mientras que Broward, sin ningún tipo de ceremonia, les presentó al forense, un hombre menudo y nervioso llamado doctor Kaplan.

—Por aquí, señor —indicó Kaplan, ajustándose las gafas—. Lamento que tenga que pasar por esto.

El frío del lugar lo golpeó con una crudeza que traspasó incluso la coraza emocional que había tratado de construir durante el trayecto. Las paredes estaban cubiertas por armarios metálicos donde reposaban los cadáveres, etiquetados de forma impersonal, convertidos en números. Kaplan se detuvo frente a uno de ellos y lo miró con precaución antes de tirar de la palanca. El mecanismo crujió con un sonido metálico desagradable, abriendo lentamente la puerta.

—¿Está listo? —preguntó el doctor, dubitativo.

—No. ¡Pero ábralo de una vez!

Kaplan extrajo la bandeja y retiró con delicadeza la sábana blanca, revelando el rostro pálido y congelado de una mujer. Era Silvia. Lo supo antes de que Kaplan retirara la sábana por completo. No importaba el tiempo que hubiese pasado, pues la reconocería al instante. Sintió un golpe seco en el pecho, como si alguien le hubiese metido un puñetazo entre las costillas. La dureza del momento se apoderó de su garganta como una garra feroz, bloqueándole las palabras, cortando su respiración. Sintió que las piernas le fallaban, pero logró sostenerse en pie, apoyándose con disimulo contra la bandeja metálica.

—¿Es ella? —preguntó Kaplan.

Maldonado lo confirmó, sin apartar la vista del corte limpio en la muñeca de Silvia. Demasiado preciso para una adicta. Sus propias manos, llenas de durezas, se cerraron. Alguien había practicado cirugía con ella. No era el policía veterano acostumbrado a enfrentar desgracias ajenas. Ahora la tragedia llevaba su apellido y su sangre. El dolor y la culpa se mezclaban en su pecho como un veneno.

—Sí. Es Silvia Maldonado. Es mi hermana.

Un silencio helado. Un runrún eléctrico. Ni siquiera las moscas se atrevían a zumbar allí. Rivera apartó la mirada, incómodo. Broward consultaba su reloj, fingiendo indiferencia.

—¿Qué pasó exactamente? —consiguió preguntar el madrileño, casi sin voz—. ¿Cómo murió?

—Sobredosis, aparentemente —respondió Kaplan, evitando el contacto visual directo—. Pero hay algunas marcas en el cuerpo que podrían indicar violencia. Nada concluyente aún. Estamos esperando los resultados toxicológicos definitivos.

Maldonado notó una oleada de rabia bullendo en su interior. Silvia, pese a todo, nunca había sido una suicida, aunque sí le gustara coquetear con lo prohibido. Se había metido en problemas toda su vida, pero jamás había mostrado una inclinación por abandonar la lucha voluntariamente. No, esto tenía que ser algo más. Algo más jodido.

—¿Investigan ustedes esto? —preguntó, afilando la mirada hacia Broward.

—Hacemos lo que podemos. Aquí nadie va a perder el sueño por una adicta más.

—Por lo que me da a entender, seguirá siendo así.

—¿Y quién carajo es usted? —respondió el americano, con una sonrisa de medio lado—. ¿Qué espera? ¿Justicia? Recuerde que esto es Miami. Aquí nadie le debe nada.

—No voy a marcharme hasta descubrir qué demonios pasó con mi hermana.

Broward se pasó la lengua por el labio superior, donde una cicatriz fina dividía la piel en dos. Maldonado reconoció ese gesto. Lo había visto mil veces en tipos que confundían la placa con un permiso para ser unos desgraciados.

—Entonces compre el periódico. Es lo más cercano que estará al informe oficial.

El detective se mostró indiferente ante la insolencia del policía. Luego se inclinó y acarició la mejilla de su hermana, con una suavidad que ella jamás recibiría. Ese gesto, tan inútil como desgarrador, encendió en él una determinación furiosa y definitiva.

—A menudo aparecen mujeres como ella por aquí, ya me entiende... —dijo Kaplan, visiblemente incómodo.

—Con la diferencia de que ella era mi hermana.

Cubrió el rostro de Silvia con la sábana. Atravesó el pasillo en silencio, sintiendo el sabor metálico de la ira en la lengua y un peso frío en el estómago. Su hermana estaba muerta y Miami entera parecía reírse de ello.

Fuera, encendió un cigarrillo, sin temblores en las manos. La brisa olía a sal y a muerte.

No iba a marcharse hasta que alguien pagara.

N

15

Desde la morgue hasta el consulado español, el silencio en el coche era tan espeso como el sudor que empapaba el cuello de su camisa. Maldonado se dejó caer en el asiento trasero del Ford negro, con la cabeza apoyada contra la ventanilla. Fuera, los rascacielos vigilaban Miami como centinelas crueles y las avenidas hervían bajo el sol implacable.

Broward conducía con la misma indiferencia que había mostrado en la morgue. El diplomático, por su parte, miraba por la ventanilla, deseando que el trámite terminara. El silencio entre ellos parecía interminable.

—Vamos al consulado —murmuró el diplomático, como si necesitara asegurarse de que no había malentendidos—. Hay papeles que debe firmar, señor. Procedimientos de repatriación, ya sabe cómo es.

El detective gruñó algo que podría haber sido un «sí» o un «vete al diablo». Ni él lo tenía claro. El Ford cruzó el puente hacia Brickell y, finalmente, se detuvo frente a un edificio de estilo neoclásico. A pesar de la solemnidad de la arquitectura, el lugar parecía olvidado entre el bullicio moderno de la ciudad.

—Aquí es —dijo el americano, apagando el motor—. ¿Quieren que los acompañe?

Maldonado negó con la cabeza.

—Prefiero hacerlo solo.

Broward soltó un resoplido sarcástico.

—Buena suerte con la burocracia —se burló—. Los funcionarios son aún más inútiles que nosotros.

El sabueso lo ignoró y salió del coche, golpeando la puerta con más fuerza de la necesaria. Sabía que eso molestaría al policía. «Eso les jode a todos». Rivera salió detrás de él, observándolo con una mezcla de lástima y resignación.

Dentro del consulado, el aire acondicionado hacía que el frío se sintiera casi antinatural. Para Maldonado, el asunto del aire acondicionado en marcha, las veinticuatro horas del día, era un caso digno de estudio. Los suelos de mármol relucían y las paredes estaban decoradas con retratos de presidentes y reyes que a él le importaban un carajo. Lo guiaron hasta una pequeña oficina donde un funcionario de cabello ralo y gafas gruesas le extendió un formulario tras otro.

—Firme aquí, aquí y aquí —le dijo, sin levantar la vista del papeleo—. El cuerpo de su hermana será repatriado cuando termine el proceso de identificación oficial. Claro, si decide pagar el coste correspondiente.

—¿Cuánto? —La pregunta cayó como un hacha. El funcionario evitó su mirada, buscando refugio en el reloj de su muñeca—. Pensaba que el Gobierno...

—No, no en este caso. Es política interna.

—¿Por qué diablos no me dijo nada?

El otro chasqueó la lengua.

—Ahórrese la excusa —prosiguió el detective—. ¿Cuánto es?

El hombre mencionó una cifra que habría dejado sin palabras a cualquiera, menos al madrileño, cuya mente estaba en otro lugar. Firmó sin leer, arañando el papel como si quisiera romperlo. Sin preguntar. ¿Para qué? Las respuestas nunca cambiaban nada, se dijo. Silvia seguía muerta y él seguía siendo el tipo que llegó cuando ya no importaba.

—Si no puede hacerse cargo de los gastos, la ley permite que el cuerpo sea incinerado aquí, en Miami —añadió el funcionario con frialdad burocrática.

—No. Quiero que la lleven a Madrid y que la entierren allí —respondió el detective con un tono tan cortante que el funcionario se removió en su asiento—. Madrid es su lugar.

—De acuerdo. En cuanto tengamos toda la documentación, se lo haremos saber.

—¿Cuánto tiempo tomará?

—De una a dos semanas.

Apretó los dientes. Eso era un mundo para él, aunque, pensándolo bien, quizá le diera tiempo a recuperar el dinero para hacer frente a los gastos. De lo contrario, tendría que pedir un crédito. No obstante, no iba a dejarse los nervios en ese asunto. Ahora tenía otros más urgentes que resolver.

Al salir del consulado, Rivera lo abordó antes de que llegaran al coche oficial.

—¿Listo? —le preguntó, sin apartar la vista de los movimientos del expolicía.

—Lo que tenga que ser, será. Parece que esto va para largo.

—Ya entiende cómo funcionan estos asuntos. Por desgracia, no son nada agradables para nadie. Ni siquiera para nosotros.

—¿Qué sabe de Silvia? —soltó, finalmente, rompiendo el silencio.

—¿Cómo dice?

—Ya me ha oído. ¿Qué ha averiguado la policía sobre mi hermana? Ya que me va a cobrar hasta que la entierre, al menos ayude a que me pese menos.

—Verá, Javier...

—Le pregunto a usted, no al diplomático que lleva dentro.

El hombre, finalmente, en un acto de compasión, suspiró.

—No mucho —admitió, encogiéndose de hombros—. Solo lo que he visto en su teléfono, cuando se perdió y llegó a la embajada.

—¿Lo puedo ver?

—No. Ahora lo tiene la policía.

—Vaya.

—Había mensajes recientes de una tal Carla. Parece que era su amiga. La última persona que habló con ella, según el registro de llamadas.

—¿Dónde puedo encontrarla?

—No debería contarle esto...

—No sea tan gringo, Rivera.

El hombre exhaló, de nuevo.

—Yo no le he dicho nada. ¿Entendido?

El hombre sostuvo su mirada un segundo demasiado largo. Él sonrió.

—Claro. Como si hubiera pasado algo...

Rivera miró a ambos lados antes de sacar un papel doblado del bolsillo interior de su chaqueta.

—Trabaja en un local en South Beach —susurró—. The Blue Parrot. —El papel tembló ligeramente entre sus dedos—. Si Broward se entera de esto, ambos tendremos problemas.

—Eso ya lo sabía.

—Si quiere un consejo...

—No, no lo quiero.

—Igual se lo doy. —Bajó la voz—. Esta ciudad se come a los policías honrados. Primero se los traga, luego los escupe. Su hermana no fue la primera.

—¿Por qué me dice eso?

—Broward quiere que regrese a Madrid. Este caso es un dolor de cabeza para todos.

—Es mi hermana.

Las palabras salieron como astillas de hielo.

—Y no tenía precisamente amigos en puestos altos. Tenía enemigos. De los que no perdonan.

—¿Qué es lo que quiere?

El diplomático dudó, masticando las palabras antes de escupirlas.

—Quiero que se largue de esta ciudad, antes de que tenga que llamar al inspector Berlanga para que lo reconozca.

«Ajá. Así es cómo jugamos, ¿eh?».

No respondió. Miró el papel que el diplomático le había entregado y lo guardó en su chaqueta.

—Me hospedo en un motel de mala muerte cerca de Little Havana. Hotel Dolce Vita. Aunque no me extrañaría que la mierda de esta ciudad me encontrara...

—¿Y su vuelo?

—Sale mañana por la tarde.

—Claro, ¿por qué alargarlo?

—Eso mismo pensaba yo.

Rivera asintió, con una expresión mezcla de desconfianza y pena.

—Espero que su hermana, finalmente, descanse en paz cuando llegue a Madrid. Disfrute de sus últimas horas y no se meta en líos.

El coche frenó frente al motel justo cuando el sol se desplomaba tras los edificios, tiñendo el cielo de un rojo sucio. El detective bajó con el papel arrugado en el puño, y clavó la vista en la fachada del hotel: mugre, colores de tonos pastel y un letrero que prometía «Dolce Vita», como si alguien aún creyera en el sueño. Igual que en las películas, pero sin cadáver en la piscina. Todavía. Una noche pagada. Al día siguiente, debía abandonar la habitación o buscar la forma de prolongar su estancia. A él, todo eso le parecía tan insignificante como una hormiga bajo un zapato.

Miami apestaba a salitre y a mentiras. Y ahora su hermana era solo otra mancha en la fachada de neón. Pero las manchas tienen la mala costumbre de extenderse, como la sangre en una camisa blanca. Y él pensaba asegurarse de que esta mancha lo cubriera todo.

16

La noche no trajo alivio, solo un sudor pegajoso que se colaba por los poros de la piel. El agua fría de la ducha no logró aliviarlo. Se vistió en aquel apartamento harapiento, donde el aire acondicionado emitía un quejido antes de soltar un hilo de aire tibio. Cada minuto en Miami era un recordatorio de que el tiempo jugaba en su contra.

Salió por la puerta sin mirar atrás y enfiló Collins Avenue, donde el ocaso transformaba los edificios art déco en escenarios irreales. Según Rivera, el local estaría a unos diez minutos a pie. Diez minutos más cerca de la verdad.

Por el camino, hizo una breve parada en «El Cubanito», una franquicia de café y bocadillos cubanos. Necesitaba un café que lo noqueara y algo que no supiera a plástico recalentado. Al llegar al mostrador, pidió un *espresso* doble y un sándwich cubano con huevo y croquetas, aconsejado por la empleada, que era cubana. Después, siguió caminando mientras daba bocados al emparedado, hasta que vislumbró el lugar que buscaba. Se trataba de un bar llamado «The Blue Parrot», decorado con luces de neón que parpadeaban en tonos azules y rosas. Los flamencos tenían una gran influencia en la estética de la ciudad. La música latina salía por las ventanas abiertas, mezclándose con el murmullo alegre y despreocupado de los turistas.

En el interior, todo parecía sacado de un decorado cinematográfico, pero el detective sabía distinguir lo auténtico de lo falso: las paredes con fotografías de cantantes cubanos ocultaban grietas de humedad, los ventiladores de techo giraban perezosamente como buitres sobre un moribundo, y tras la barra larga se movía una mujer que, por la forma en que escrutaba cada cara nueva, debía de ser Carla. O eso, o era alguien que también temía que la puerta se abriera en el momento equivocado.

Rivera le había informado de que Carla era amiga de Silvia y que podría ayudarlo a esclarecer algunos detalles sobre su hermana. Por su apariencia, Maldonado no lo tuvo claro.

Carla era una mujer latina, de aspecto fuerte, con una melena oscura recogida en una coleta alta. Sus ojos marrones reflejaban la fuerza de quien ha sobrevivido a demasiadas tormentas, pero su sonrisa parecía sincera cuando lo vio entrar.

—¡*Welcome,* bienvenido! —saludó desde detrás de la barra, sirviendo una bebida color ámbar a un cliente habitual.

Él asintió, acercándose lentamente.

—Busco a Carla.

Ella arqueó una ceja, midiéndolo como a un perro callejero.

—¿Español?

—¿Tanto se me nota?

—Carla no trabaja hoy.

Una mentira tan fina que casi se la cree. Casi.

—Una cerveza Modelo. Fría, si puedes.

—¿No prefiere un ron?

—Prefiero que no me mientan.

Ella estiró el rostro y sirvió una botella de cerveza, con brusquedad.

—Me han hablado de usted —continuó ella, con desdén—. El embajadorcito me dijo que vendría a verme. Lamento mucho lo de su hermana... Invita la casa.

—Gracias —masculló, incómodo con la piedad en su voz—. Por la cerveza.

Carla se limpió las manos en una toalla blanca y salió de detrás de la barra, indicándole con la cabeza que la siguiera a una mesa apartada del bullicio principal. Él tomó asiento y observó cómo la mujer le estudiaba el rostro, buscando tal vez algún parecido con su hermana.

—No debería estar aquí —dijo ella en voz baja, como si las paredes oyeran—. Tómese eso y váyase. Por su bien.

La tensión solo acrecentó el interés del detective. Sus ojos decían otra cosa: curiosidad, miedo, tal vez una trampa. Olía a gasolina antes del incendio.

—¿Erais amigas?

—No. Compañeras de un antiguo trabajo.

—La policía encontró tu número en el registro de llamadas.

—Solo quería saber si respiraba. ¿Eso también lo anotan en su libreta?

—En absoluto.

Ella lo observó con una mezcla de deseo e interés. A los ojos de él, Carla era una mujer atractiva, con una piel tersa, morena como el azúcar. Tenía una belleza curtida, de las que no buscan miradas, pero las atraen igual. Y él era consciente de que ese tipo de mujeres siempre le traían problemas.

—Silvia me había contado que tenía un hermano en Madrid —dijo ella, suavizando el tono y cambiando de tema—. Nunca mencionó por qué dejaron de hablarse, pero sí que le echaba mucho de menos.

—Sí, bueno... —respondió él, desviando la mirada mientras el recuerdo de su última discusión con Silvia se reproducía en su mente como una vieja cinta desgastada—. La última vez que nos vimos, le dije que estaba tirando su vida a la basura. Ahora resulta que tenía razón, y eso es lo que más me fastidia.

—Todo el mundo la tiene —dijo ella con una media sonrisa—. Silvia era complicada, pero buena gente. Me ayudó mucho cuando llegué aquí.

—¿De Cuba?

—Así es... Yo también la ayudé a ella. A veces... a veces no se sabe apreciar lo que tienes hasta que ya no está.

Él asintió, sintiendo que la mujer tocaba una cuerda dolorosa que resonaba profundamente en su interior.

—¿Qué hacía exactamente Silvia aquí? —preguntó, tratando de enfocarse en lo esencial—. ¿En qué estaba metida?

Carla suspiró, bajando la mirada hacia sus manos, que reposaban sobre la mesa.

—¿No se lo contó?

—No. Hacía veinte años que no teníamos contacto.

—Vaya... Ella trabajaba conmigo, en este bar. Pero esto era solo fachada. Lo cierto es que estaba metida en algo mucho más turbio, más peligroso.

—¿Como qué, Carla?

—Nunca me contó los detalles, pero sabía que era peligroso porque lo veía en su rostro. Últimamente, estaba nerviosa, siempre mirando sobre su hombro. Lo peor de todo es que comenzó a faltar dinero en la caja, y yo me di cuenta antes que el jefe, ya me entiende...

—No me sorprende.

—Algo la asustaba, Javier.

—¿Se drogaba?

La mujer miró al cielo.

—¿Quién no, en esta ciudad?

Maldonado frunció el ceño, sintiendo cómo la angustia crecía en su interior.

—¿Y la policía? —preguntó—. ¿No han hecho nada por investigar?

Carla soltó una risa amarga.

—Bueno... Un gringo pasó por aquí, de la policía.

—Déjame adivinar. Un tal Broward, del tamaño de un armario, cabeza de cepillo.

—Ya veo que se conocen... Broward no es precisamente el mejor policía de esta ciudad. Digamos que es selectivo con lo que investiga y con los favores que hace, encima, le gusta alardear de ello, sobre todo, cuando se toma unos tragos de más… Aquí, en Miami todo tiene un precio, especialmente la justicia.

«¿Dónde no lo tiene, bonita?».

—¿Crees que alguien pagó para que la muerte de Silvia no se investigara?

—Eso son palabras mayores —respondió ella sin vacilar, sus ojos brillando con una firmeza repentina—. No me meteré donde no me llaman. Estoy bien, ahora. Estoy en paz con mi vida y siento mucho lo de su hermana, pero Silvia parecía haberse metido en algo bastante gordo como para que alguien la quisiera muerta.

La música seguía sonando alegre y estridente, pero él apenas la escuchaba. El instinto volvió a encenderse.

—Gracias por tu amabilidad.

—¿Qué va a hacer ahora, detective? —preguntó Carla, observándolo con intensidad.

Él la miró de reojo, sorprendido.

—¿Quién te ha dicho a qué me dedico?

—Silvia —respondió, y sonrió abiertamente—. Tal vez no se hablaran, pero estaba al corriente de su hermanito.

—Ya veo…

Un hombre con traje claro pasó junto a la mesa y ralentizó el paso, mirándolos fijamente. Carla palideció visiblemente antes de recomponerse.

—Escuche, ¿por qué no pasa mañana por aquí? Le esperaré a primera hora —susurró—. Aquí hay demasiados oídos.

—Suena bien.

—Quizá pueda ayudarle. ¿Planea marcharse pronto de la ciudad?

—No —dijo y apuró la cerveza—. No, hasta dar con el hijo de puta que la mató.

Carla le sostuvo la mirada unos segundos, valorando algo en silencio.

—Cuando lo encuentre —añadió, dejando la botella vacía sobre la mesa con suavidad—, no habrá huracán en Miami que le borre la cara del mapa.

Ella no le creyó.

«La verdad siempre deja un rastro, por pequeño que sea. Y yo tengo muy buen olfato».

Al salir del bar, notó un sedán negro aparcado en la acera de enfrente. Dos hombres en el interior lucían corbatas, pese al calor. Podían ser federales, policía local o algo peor, pensó. Memorizó la matrícula por instinto y dobló la esquina con naturalidad, como quien no ha notado nada. Pero lo había notado. Y ellos sabían que lo había notado. Esa era la parte peligrosa.

***

Silvia Maldonado llevaba cuatro días muerta cuando su hermano encontró la primera pista. Estaba en el fondo de un vaso de whisky en Little Havana, esperándole como un tiburón en aguas cálidas. Tragó otro sorbo que le arañó la garganta como si fuera disolvente. Afuera, el aire olía a cigarro mojado, sudor reseco y ron revenido. Era el aliento agrio de la ciudad. Dentro, era fácil olvidar que Silvia estaba muerta. O, al menos, intentarlo. Desconocía si era el calor pegajoso, aquella ciudad que sonaba al son caribeño o la sensación de que alguien hacía vudú sobre su sombra, pero sentía una fuerza que le empujaba seguir bebiendo. Luces de neón, música estridente, y el policía llamado Broward, cuyo rostro indiferente parecía decirle que su hermana era solo otra estadística más en aquella ciudad hambrienta de almas. Pensó en Carla, la camarera que había conocido en el bar, con sus ojos marrones, cargados de verdades.

Finalmente, antes de que la embriaguez lo metiera en un problema, regresó al motel mugriento por el que había pagado un par de noches. Un cuchitril con paredes de colores, moqueta pegajosa y una tele vieja del tamaño de un mueble.

—¿En qué carajo te metiste esta vez, Silvia? —susurró al televisor apagado, como si su hermana pudiera escucharlo al otro lado del cristal negro. El ventilador del techo chillaba en cada giro, esparciendo la humedad por la habitación. Esa noche, no consiguió dormir, con tantos recuerdos y remordimientos. Cuando logró dejarse llevar por el cansancio, el alba lo sorprendió con la camisa arrugada y empapada.

Por un instante, cerró los ojos y se mintió. Solo por un segundo. Se dijo que todo era una pesadilla. Y por un segundo, casi lo creyó.

17

Sábado.

Día 2.

Aquella mañana, temprano, tras una ducha fría, salió a la calle en busca de un par de aspirinas y un café cubano que lo sacase de la desidia. Para su sorpresa, las farmacias eran del tamaño de un supermercado y, en los Estados Unidos, cualquiera podía comprar pastillas como quien va al estanco a por tabaco. Siguiendo la recomendación de uno de los empleados, se hizo con una caja de ibuprofeno capaz de aliviarle la jaqueca a un caballo. Después, pasó por una de esas cafeterías de donuts y compró un café para llevar, bien cargado, mientras se dirigía a su encuentro con la mujer de ojos oscuros.

Cuando llegó al bar, ella lo esperaba impaciente, fresca como una lechuga. Al parecer, su noche había sido más tranquila que la del detective, o eso pensó él.

—Pensé que se había perdido.

—Descuida. Mis pensamientos son el único sitio en el que puedo perderme.

Echaron a andar juntos en dirección al apartamento de Silvia, sin mucho que decirse. Ella tenía unas llaves de emergencia, una pista que le encendió las alarmas. La confianza con su hermana era mayor de la que le había confesado la noche anterior, pero comprendió que estaba coaccionada por alguien más y que hablar en ese bar no era del todo seguro.

—Supuse que le interesaría echar un vistazo.

—Hiciste bien —le dijo él, a sabiendas de que no era buena idea si la policía estaba investigando el caso.

—Espero que no me busque un problema.

—Puedes confiar en mí.

«¿Qué quieres que te diga, bonita?».

***

Mientras caminaban, él se fijó en el movimiento de sus caderas, que parecían tener algún tipo de magia, un ritmo hipnótico. Luego se obligó a centrarse en el caso. El apartamento de su hermana estaba en una calle estrecha, junto a Meridian Avenue. Dos pisos de melancolía tropical, al borde del colapso. Las fachadas, que alguna vez lucieron un alegre verde pastel, ahora parecían apagadas, cubiertas por parches grises de humedad. Un par de palmeras moribundas se doblaban, proyectando sombras deformes sobre el cemento agrietado. Olía a bronceador barato, basura acumulada y marihuana recién fumada.

En realidad, toda la ciudad olía a yerba.

Subieron por las escaleras exteriores, flanqueadas por barandillas oxidadas y macetas con plantas muertas. Desde lo alto, se fijó en un Honda Accord de principios de 2000, color plata, aparcado junto al bordillo. Observó el interior del vehículo, pero estaba vacío.

—Ese era el carro de Silvia —señaló la mujer, al notar que él lo miraba con atención.

Al llegar a la puerta, Carla sacó las llaves con manos temblorosas y vaciló antes de insertarlas en la cerradura. El detective notó cómo le temblaba el pulso, algo más que simple nerviosismo.

—Espera.

—¿Sí?

—¿Estás segura de que quieres hacer esto? —dijo él, bajando la voz—. No tienes por qué entrar... si no quieres, claro.

Ella tragó saliva y desvió la mirada.

—No. Pero Silvia merece respuestas. Y usted también.

La puerta crujió al abrirse, como si protestara por la intromisión. Dentro, el tiempo se había detenido: ropa tirada sobre el sofá, dos maletas abiertas en la cama, un pequeño televisor apagado y un vaso de cartón con café frío sobre la mesa. Las paredes, cubiertas de fotos de Silvia con amigos y amantes olvidados, eran testigos del paso de una vida acelerada.

La puerta se cerró lentamente. Durante unos instantes, el silencio llenó el espacio. El lugar le cayó encima como un cubo de agua sucia. Necesitó tomar aire. El olor del perfume barato de su hermana aún flotaba en el ambiente y eso le partió el alma. Para él, era como volver a un viejo escenario: la misma sangre invisible, la misma ausencia que dolía. Sin embargo, este caso era distinto, más personal, aunque la víctima le siguiera resultando una desconocida. Tarde o temprano, los lazos de sangre lo alcanzarían.

—Así que este era su sitio —murmuró, respirando despacio, recorriendo la estancia con la mirada.

—No es nada del otro mundo —respondió Carla, con un deje de disculpa en la voz—. Pero Silvia decía que no necesitaba más. Tampoco podía permitirse mucho más. Esta ciudad es cara.

—Lo sé. Puedo imaginarlo. Aunque ella siempre decía lo mismo. ¿Puedo echar un vistazo?

—Adelante. —Carla se apoyó en la pared, mordiéndose el labio—. No sé qué busca, pero yo también quiero saber qué le pasó.

Él se giró hacia ella y la miró a los ojos, en silencio.

«Entonces, ¿por qué no me lo cuentas todo?».

Una sola mirada bastó para que ella captara el mensaje, o al menos, esa fue su intención. Luego se movió por el pequeño apartamento, con familiaridad. Revisar la vida de otros era como respirar: no necesitaba pensarlo. Sin dejar demasiadas huellas, inspeccionó la cómoda y los armarios. Encontró poco más que ropa barata y unos cuantos billetes sueltos. Le costaba hacerlo, sabiendo a quién pertenecían aquellas prendas. Todo le recordaba a muchas chicas con vidas difíciles que habían acabado estranguladas en el Parque del Oeste.

De pronto, sobre la encimera de la cocina americana, encontró las llaves de un Honda, que intuyó pertenecían al coche de la calle. Las guardó en el bolsillo del pantalón y siguió con la inspección.

«Un coche en una ciudad como esta es como llevar una navaja en la cárcel. Nunca está de más».

Finalmente, un portátil negro, cerrado, atrajo su atención. Lo abrió sin dudar y lo encendió, girándose hacia Carla.

—¿Sabes la contraseña?

Ella negó con la cabeza. Probó con el nombre de su hermana, con la fecha de nacimiento y con su apellido.

—Pruebe con su nombre.

—¿Mi nombre?

—Ella siempre decía que su hermano nunca la defraudaba.

Él frunció el ceño. Le dolió más de lo que admitiría. Tecleó su nombre. Primer intento: fallido. Luego añadió su propia fecha de nacimiento. Esta vez, el ordenador se desbloqueó sin resistencia.

—Vaya... —murmuró mientras la pantalla se encendía.

Para su sorpresa, su hermana había utilizado más el portátil de lo que él habría imaginado. Se dejó guiar por los nombres de las carpetas en el escritorio. Mientras los archivos cargaban, revisó rápidamente los papeles que Silvia había dejado junto al ordenador: recibos, tiques de café, facturas del supermercado y algunos papeles más sospechosos.

—¿Qué diablos es esto? —preguntó, alzando un recibo arrugado—. «Club Flamingo». Qué bonito. Seguro que es un sitio de caridad.

—A ver… —respondió Carla, acercándose y retorciéndose las manos—. El «Club Flamingo» es un local de mala muerte en Little Havana.

—¿Es lo que creo que es?

—Por muy cubana que sea, Javier, no soy vidente ni hago vudú. No puedo saber en qué está pensando.

—Suena a barra americana, *stripclub*, como lo llamáis por aquí, por ser un poco sutil.

—No va mal encaminado.

—¿A eso se dedicaba mi hermana?

—No tengo la menor idea. Solo sé que Silvia iba allí de vez en cuando. Decía que tenía amigos… pero nunca me dio nombres.

«No sé por qué, pero no me sorprende».

Dejó el recibo y volvió al portátil. Revisó extractos bancarios, transferencias y depósitos recientes que Silvia había guardado en una carpeta llamada "contabilidad". Frunció el ceño al ver cifras que no cuadraban con su estilo de vida.

—No lo entiendo. Estos números no encajan con este sitio —dijo, señalando la pantalla—. Además, si esto era suyo, ¿qué hacía viviendo en este agujero? Silvia no podía tener tanto dinero.

—Yo tampoco lo entiendo —respondió Carla, confundida—. Pero, hace un par de meses, mencionó algo sobre un negocio. Lo recuerdo…

—¿Un negocio, eh? ¿De qué clase?

Ella resopló y cruzó los brazos. Él entendió que tenía miedo de hablar.

—Puedes confiar en mí, chica.

—Eso dicen todos, antes de que aparezca un cadáver.

—Me gusta tu humor. Cuéntame más.

Carla suspiró y bajó la guardia. Por algún motivo que él aún no entendía, confiaba en él.

—Hay un tipo llamado Manny Espino. Un cubano al que le gusta jugar fuerte. Silvia dijo que podía ganar dinero rápido, pero que el precio podía ser demasiado alto.

—Me recuerda al típico desgraciado que acaba llenando una fosa de caimanes en los Everglades.

«Manny Espino. Dinero rápido. Otro lobo de sonrisa fácil cazando a mujeres desamparadas. Genial».

—¿Manny Espino? —repitió el nombre, como si quisiera grabarlo a fuego—. ¿Es alguno de los hombres que aparece en las fotos?

—No lo sé.

—¿Sabes dónde encontrarlo?

—No, y tampoco sé si quiero encontrarlo.

—Entiendo.

—Silvia era muy reservada con él. Decía que prefería mantenerme al margen.

—Al menos, tenía consideración.

Aunque no quisiera admitirlo, su hermana se había metido en un buen lío. Observó las fotos de las paredes: Silvia sonreía en playas soleadas o en bares de mala muerte, junto a tipos con miradas vacías. ¿Eran sus novios? ¿Amantes ricos? ¿Hombres a los que había usado para sobrevivir?, se preguntó. El instinto protector de hermano mayor surgió. Pero tal vez, pensó, solo fue feliz con ellos. ¿Si no, para qué guardar los recuerdos?

—Hay algo más aquí —murmuró Carla desde el dormitorio, regresando con una pila de sobres arrugados—. Parecen facturas, pero... Mira las cantidades. No parecen normales.

Maldonado las revisó. Tenía razón. Las cifras eran demasiado altas. Nombres de negocios que no conocía, direcciones que no encajaban con la vida de Silvia. Olían a lavado de dinero o a chantaje.

—Hay un nombre que se repite: DeWitt, un contable. ¿Te suena?

—No.

—¿Estás segura? —le preguntó. Ella negó cruzando los brazos y apretándolos contra el pecho—. Si Silvia movía dinero, este hombre debía saberlo todo.

Guardó las facturas en el bolsillo y observó en silencio el apartamento. Aquel lugar era un reflejo distorsionado de la vida de su hermana: barato, desesperado, lleno de mentiras. Nada había cambiado.

—¿Qué piensa hacer ahora? —preguntó Carla, abrazándose como si tuviera frío—. ¿Va a ir a la policía?

—¿Desde cuándo la policía resuelve problemas como este?

—Ha venido a buscar respuestas, y ya tiene algunas. Silvia estaba metida en algo, pero no conviene que nadie más se ensucie con el mismo barro. Puede ser peligroso, Javier. No sabe dónde se mete.

El sabueso dio un suspiro largo y profundo.

—Tranquila. Tengo menos de veinticuatro horas antes de que me largue de esta ciudad. Visitaré primero al contable, DeWitt, y luego ese maldito Club Flamingo. Si eso no me da respuestas, no las encontraré jamás. Después... supongo que sabré lo que le ocurrió a Silvia y me marcharé de regreso a Madrid.

Los ojos de Carla eran preguntas sin voz.

—¿Y si no obtiene las respuestas que busca? Algo me dice que no es de los que se conforman con cualquier explicación.

Él sonrió levemente.

Antes de salir, echó un último vistazo a las fotos de la pared. Silvia sonreía en una de ellas. Una sonrisa triste, falsa, que ahora comprendía demasiado bien. Cerró la puerta con fuerza, preguntándose qué aspecto tendrían los tipos que estaba a punto de visitar.

18

Lo que Carla acababa de soltar no era una sospecha: era una sentencia de muerte. Silvia había muerto porque sabía demasiado, y ahora él también empezaba a saber más de la cuenta.

—¿Dónde vamos? —preguntó Carla, moviendo la cabeza nerviosamente hacia ambos lados de la calle.

—Primero, a un sitio donde nadie escuche. Después, encontraré a ese tal Manny Espino. ¿Tú? Ni idea. ¿No tenías turno o algo?

—Mi turno comienza más tarde.

—Eso significa que vas a seguirme.

—Depende —dijo, mientras observaba cómo Maldonado sacaba la llave del coche—. Un momento, ¿está seguro de que es buena idea…?

—Nada de lo que hago es buena idea —masculló él—. Pero no me queda otra. Si valoras tu pellejo, vuelve a tu vida normal.

Bajaron las escaleras en silencio hasta llegar al aparcamiento trasero del edificio. El estacionamiento era una trampa perfecta: apenas cincuenta metros cuadrados de cemento agrietado, rodeado por muros de hormigón desconchado y una única salida. Al fondo, vislumbró tres coches que parecían esqueletos de metal, entre ellos el Honda. Y ahora, también, un Chevrolet negro.

«Mierda», se dijo el detective, notando cómo el sudor frío empezaba a empaparle la espalda.

Uno.

Dos.

Miró a la chica y la protegió con el brazo, obligándola a retroceder.

Tres.

En ese instante, un disparo rompió el silencio.

La bala silbó como un insecto envenenado, cruzando el aire a centímetros de su oreja, y estalló contra el muro de cemento que tenía detrás, levantando una nube de polvo fino.

—¡Abajo! —gritó él, lanzándose contra Carla para empujarla al suelo.

Ambos cayeron bruscamente, rodando hacia la cobertura de un Buick. El impacto contra el asfalto le arrancó un gruñido. Pavimento a cuarenta grados. Piel desgarrada. Sangre pegajosa mezclándose con el polvo. Apretó los dientes mientras el dolor le trepaba por el hombro como una piraña. Carla contuvo el grito; solo exhaló un quejido corto. Estaba asustada, pero no rota. No todavía.

Dos disparos más retumbaron en la calle, acribillando el aire sobre sus cabezas.

—Cálmate, chica…

—No es la primera vez que me disparan, detective —murmuró, aún temblando, pero sin perder el control—. Aunque la última vez no tenía a nadie que me cubriera.

—No te preguntaré cómo ocurrió.

—¿Qué está pasando?

—Quieren que sepamos que pueden alcanzarnos cuando quieran —respondió él, con aparente calma, mientras analizaba las salidas posibles—. Esto solo es para asustarnos.

—¿Asustarnos? ¡Nos van a matar!

El detective asomó la cabeza por encima del capó, con precaución. El Chevrolet con los cristales tintados estaba aparcado al otro lado de la calle, con el motor en marcha. En la penumbra distinguió vagamente la silueta de un hombre en el asiento del copiloto. La ventanilla bajó lentamente, revelando el cañón frío y negro de una pistola. Maldonado comprendió la intención: podían haberlo matado ya, pero preferían hacerlo sudar.

Un disparo más reventó la luna trasera del Buick. El cristal estalló, repartiéndose en cientos de pinchazos traicioneros. Sintió un filo ardiente en la mejilla, pero no apartó la vista del Chevrolet y se agachó justo a tiempo, con la mandíbula tensa. Sabía que el siguiente disparo iría a dar.

—Mierda...

—¿Quiénes son? —Carla temblaba como un pájaro en una jaula de gatos.

—Parece que son los mismos que le dieron a Silvia su paseo definitivo —respondió él, limpiándose la sangre del labio con el dorso de la mano—. Y ahora nos toca a nosotros.

—¿Hablas de ese Manolo Espino?

—Dímelo tú.

Carla tragó saliva. No era solo miedo: había reconocimiento en su mirada. Durante un segundo largo como la eternidad, solo se oyó el murmullo ahogado del motor al ralentí. Satisfecho con su advertencia, el coche rugió y desapareció con estridencia.

«Malditos cerdos».

Se incorporó con un gemido de molestia y ayudó a Carla a levantarse. No era miedo lo que sentía: era esa furia contenida que conocía desde siempre, como un perro que espera a que alguien lo provoque. Los ojos de ella buscaban salidas que no existían

—Ahora bien, ya puedes empezar a hablar. ¿Quién demonios es ese tal Espino? —preguntó, sacudiéndose el polvo de la ropa.

—Ya se lo he dicho.

—¡Quiero la jodida verdad, chica! El olor a pólvora me pone de muy mala leche...

—Es alguien que conocía Silvia. Un gánster de poca monta. Tiene conexiones con casi todo lo sucio de Miami: drogas, juego ilegal, extorsión.

—¿Trabajaste con él?

—Estuve cerca, una vez. Y fue suficiente. Según Silvia, era un tipo con el que se podían hacer buenos negocios… si no hacías demasiadas preguntas.

—Claro. Muy Silvia. Siempre al borde entre la víctima y la cómplice.

—Para ella, todo era cuestión de precio. Yo… prefiero dormir tranquila.

—Dime, ¿cuánto crees que vale la cabeza de Espino?

Carla negó lentamente, intentando recomponerse.

—No mucho, pero lo protege gente peligrosa. En esta ciudad, si vas tras él, prepárate para lo peor.

—Para lo peor ya llevo veinte años preparado.

Echó un último vistazo hacia el apartamento vacío. Las ventanas lo observaban en silencio, como ojos muertos, incapaces de revelar sus secretos.

—Me llevaré el coche —continuó, firme.

—No es buena idea. Ese coche ya está marcado. Le aseguro que alguien lo está esperando.

—¿Dónde puedo alquilar uno rápido y sin preguntas? No me hagas reír. No nací ayer.

—Como quiera, detective.

—Y también un maldito teléfono.

Carla titubeó, pero finalmente accedió.

—Hay un lugar no muy lejos de aquí. Es una tienda de electrónica. La lleva un cubano llamado Castro. Si le dice que va de mi parte, no le hará preguntas incómodas.

—Castro, claro. Siempre hay uno. ¿También vende armas?

—Eso ya...

—Tengo entendido que aquí...

—Lo sé. Mire, puede conseguir lo que necesite, si paga lo suficiente.

—Estupendo. No es el caso.

Se dirigieron al Honda y él insistió en que subiera para dejar atrás aquel desastre. Era un vehículo automático, así que no tendría problemas con el embrague. Ya en el interior, Maldonado se permitió una última reflexión en voz alta:

—Escucha, Carla, me has ayudado lo suficiente y no quiero meterte en un problema. Tienes tu vida y así debe seguir. Tú misma lo dijiste anoche. Si quieres dejar esto aquí, no te culparé. Esto es demasiado para cualquiera, incluso para mí.

Ella se detuvo y lo miró directamente, con la dureza de quien ha visto demasiadas cosas feas como para echarse atrás, y con la dulzura de quien aún se preocupa.

—No necesito que un hombre me proteja —replicó Carla, sin alardes. Era una simple declaración de hechos—. Me cuido sola desde antes de que usted supiera dónde tiene cada mano.

—No he venido a cuidarte, créeme —respondió él, preguntándose cuántos hombres se habrían resistido a sus encantos. Él, sin embargo, sabía centrarse en la misión.

—Entonces, me quedo. Silvia era mi amiga. Y usted necesita ayuda, aunque aún no lo sepa.

Él no respondió de inmediato. Por primera vez en esa ciudad, sintió que tenía a alguien al lado y no a la espalda.

—En ese caso... Bienvenida al infierno.

El calor sofocante volvió a envolverlos al salir a la calle principal. Maldonado apretó el volante hasta que los nudillos se le pusieron blancos. Luego ajustó el retrovisor —sangre en la barbilla, ojos de lobo— y pisó el acelerador.

Miami era una ratonera, y a él le quedaban menos de veinticuatro horas para morder el queso, sin acabar muerto o entre rejas. Sabía cómo olía el miedo de cerca. Y no sería la última vez.

«Silvia, ¿en qué mierda te metiste?».

Había cruzado una línea invisible y estaba dispuesto a todo, incluso a morir, con tal de descubrir la verdad.

Con suerte, se llevaría a unos cuantos bastardos por delante antes de que todo estallara.

19

Tras el tiroteo, mientras el efecto de los disparos aún le zumbaba en la nuca, Maldonado decidió no discutir con Carla. No sabía cuánto tiempo más estaría de su lado. Le sorprendía que siguiera allí. No era lo que él habría hecho.

Se dirigieron a una pequeña tienda de electrónica en Little Havana, regentada por el viejo conocido de Carla que le había mencionado antes. El local olía a soldadura fría y plástico quemado. Una cámara colgada en una esquina les echaba un vistazo impersonal.

El expolicía prefirió no saber de dónde había salido toda esa chatarra.

—Castro, este es Maldonado —dijo ella al entrar, señalando al español.

El tendero, un tipo de mediana edad, con barba canosa que le daba un aire de lobo, lo saludó como si ya supiera todo sobre él, y eso nunca era buena señal.

«Hablar en español aquí siempre es un comodín bajo la manga».

—Uno que no se chive, ni con la policía, ni con nadie —dijo Maldonado, dejando caer un billete sobre el mostrador—. Algo discreto.

Castro sonrió de medio lado, pero sus ojos no. Medía a Maldonado como se mide a un perro del que no sabes si muerde o solo ladra.

Sin hacer preguntas, le entregó un móvil sencillo y barato.

—¿Le gusta? Los tengo mejores.

—Mientras pueda hacer llamadas y ver el navegador…

—Suficiente, entonces.

—Quiero también una tarjeta de prepago, ¿es posible?

El hombre miró a la chica y ella se encogió de hombros.

—Necesitaré su pasaporte. Han cambiado las cosas en el país…

—¿Qué hay del derecho a la intimidad?

—Aquí no vale ni para las fulanas —replicó Castro y siguió contando los billetes.

—Entiendo.

Carla carraspeó.

—Está bien, está bien… —dijo él, levantando las manos—, pero son más caras.

—Más caras, ¿eh?

Soltó los cincuenta dólares por una tarjeta SIM a nombre de otra persona. Tal vez estuviera exagerando con la compra, pero no quería que le pisaran los talones. Si un teléfono en España no era muy difícil de rastrear, en los Estados Unidos lo aplastarían como a una cucaracha.

Agradeció el servicio y salieron de allí. Con el nuevo teléfono en el bolsillo, sintió que recuperaba una pequeña medida de control.

De vuelta al coche, la camarera y él intercambiaron los números de teléfono. Al pasarle el aparato, sus dedos rozaron los de ella. Carla no apartó la mano. Él contó tres segundos antes de retirar la suya. Demasiado largo para un accidente, demasiado corto para una invitación. Él prometió que la informaría de lo que averiguara.

—Ahora eres la única persona que posee mi número. La única que puede contactarme. Solo puedo confiar en ti.

—No se lo daré a nadie.

—Más te vale. ¿Te dejo en alguna parte?

—¿A mí?

Él miró a su alrededor.

—Sí, claro.

—No. Quiero ir con usted a ese local.

—Perdona, pero eso no es lo que habíamos acordado. Tienes que trabajar.

—No. Ya no. He pedido el turno libre.

Al caer la tarde, el detective sintió un rugido en las tripas.

—¿Te apetece cenar? Al menos, deja que invite a comer algo, por la ayuda.

—Conozco un lugar —propuso Carla.

—Con tal de que no sea otro tugurio, me vale.

***

Carla lo llevó a Versailles, un emblemático restaurante cubano situado en la Calle Ocho. El local, fundado en 1971, era conocido por su auténtica comida cubana y por su ambiente acogedor. Olía a café fuerte, ajo frito y nostalgia. El aroma tentador de los platos tradicionales. Los espejos del Versailles multiplicaban a los comensales: turistas sonrientes, abuelos exiliados con miradas vacías, y en algún reflejo, la sombra de su hermana, congelada en una foto en blanco y negro.

Se sentaron junto a la ventana, de espaldas a la pared. Un hábito policial. Mientras pedían ropa vieja y mojitos, él escaneaba cada rostro que entraba por la puerta. El Chevrolet negro podría estar en cualquier parte, y el reloj seguía corriendo.

Maldonado notó cómo el reflejo de Carla en el espejo del Versailles se desdibujaba entre los rostros de otros comensales. ¿Cuánto de todo aquello era lealtad a Silvia y cuánto instinto de supervivencia? Ella, mientras tanto, trazaba círculos con un dedo en el borde del vaso.

—Silvia y yo solíamos venir aquí cuando queríamos darnos un capricho —comentó Carla, removiendo su bebida con la pajita—. Nos sentábamos en esta misma mesa y hablábamos durante horas.

Él la observó. A Carla, la tristeza le sentaba raro. Como un vestido prestado.

—Cuéntame más sobre vosotras. ¿Cómo era vivir con ella?

Se le arrugaron un poco los labios.

—Éramos como hermanas. Compartíamos todo: alegrías, penas, secretos... Silvia siempre fue la aventurera. Yo intentaba mantenerla con los pies en la tierra, pero ella tenía una energía que la llevaba a buscar más, a querer más.

Él se quedó en silencio unos segundos. Ella jugueteaba con su anillo, girándolo como si intentara borrar una mancha invisible.

—Noté que usaba el apellido Donovan. ¿Se casó alguna vez?

La mujer negó con la cabeza.

—No, nunca se casó. Tuvo algunos novios, pero nada serio. Usaba ese apellido para proteger su identidad. Decía que en esta ciudad era mejor mantener ciertas cosas en privado.

El madrileño apretó el vaso de mojito hasta que el hielo crujió. Donovan. Un apellido falso para una vida falsa. ¿Cuántas mentiras cabían en una hermana? Y, en el fondo, a pesar de tratar con gente peligrosa, no olvidaba a su familia. Otros, más miserables y con menos que perder, no habrían dudado en levantar el teléfono para pedir dinero con el que saldar sus deudas.

Después de la cena, la noche se cernía sobre Little Havana, cargada de truenos que aún no llegaban. El detective se hizo cargo de la cuenta y decidieron que era momento de visitar el Club Flamingo, a pesar de que no le gustaba que ella lo acompañara.

—El Club Flamingo. Donde las sonrisas valen lo mismo que las balas...

—No me gusta cómo suena eso.

Para algunas ocasiones, era mejor ir solo. Él lo sabía bien. Y algo le decía que ese antro era una de esas veces. El último lugar donde, según las pistas, Silvia había estado involucrada.

Mientras él pagaba, ella aprovechó la espera para ir al baño. Durante la espera, Maldonado notó un destello en el espejo del restaurante. Un hombre en la barra, con la mirada fija en su nuca y el bulto inconfundible de una pistolera bajo la americana.

—No mires ahora —le murmuró a Carla cuando regresó a la mesa—, pero creo que tenemos compañía. ¿Hay una salida trasera?

La mujer asintió, sin alterar su expresión.

—Por la cocina. La usan para sacar la basura.

—Perfecto. Porque creo que acabamos de convertirnos en basura.

Con disimulo, salieron de allí y caminaron hacia la cocina. Antes de que les llamaran la atención, lograron abandonar el restaurante y aproximarse al coche, que seguía intacto. Subieron al vehículo y se pusieron en marcha hacia el club.

—Aún estoy a tiempo de dejarte en tu casa —le dijo, lanzándole una mirada de soslayo—. Piénsalo.

—Silvia era mi amiga.

—Y mi hermana.

—La quise mucho, ¿sabe? Pero Silvia siempre pensó que podía saltar sin red. Lo que no entendía era que algunos suelos no perdonan.

—Y no quiero que termines como ella.

—Eso no lo decide usted. Ni yo. Solo el que aprieta el gatillo.

—Si se pone feo, no será necesario que nos pateen el trasero a los dos...

—La decisión está tomada —respondió ella, clavándole las uñas pintadas de rojo en el antebrazo, justo donde la piel era más fina—. A menos que prefiera ir solo.

El detective respetó su postura.

Cuando llegaron a la puerta del antro, el neón dibujaba cicatrices rojas sobre el parabrisas. Maldonado apagó el motor, pero dejó las llaves puestas. Preparado para salir corriendo.

El Club Flamingo palpitaba como una herida abierta en la noche de Miami. Música ahogada, hombres con trajes caros, mujeres con sonrisas ensayadas. Y en algún lugar, dentro de aquella pesadilla de neón y terciopelo, estaban las respuestas que buscaba.

—Si no salimos en veinte minutos —dijo, comprobando su reloj—, haz lo que tengas que hacer para seguir con vida.

20

El instinto nunca le fallaba, y esa noche olía a peligro.

Al entrar en el club, lo recibió un soplo de aire cargado de tabaco, alcohol barato y perfume dulzón, una mezcla capaz de derribar hasta al más crápula de la noche. Olía a problemas, a sangre y a botellas rotas. Las luces moradas temblaban sobre el suelo vacío.

El sabueso echó un vistazo rápido. En la barra, un camarero con aspecto de cocainómano secaba vasos lentamente, con la mirada fija en ninguna parte. Su rostro le resultaba lejano, pero su mirada era muy familiar. Algunas chicas bailaban distraídas junto a barras desgastadas, moviendo las caderas sin convicción, con miradas cansadas que decían más de lo que ocultaban. En las mesas oscuras, algunos clientes con trajes de solapas y camisas chillonas los observaban desde la sombra, probablemente preguntándose qué hacía allí un tipo como él, acompañado por una belleza como Carla.

—Me encanta la decoración del sitio —murmuró él, sarcástico, inclinándose hacia Carla—. Puedo imaginar qué hacía mi hermana aquí...

—Silvia no era...

—No hace falta que sigas. Prefiero no saberlo.

Ella le devolvió una sonrisa nerviosa mientras avanzaban hacia la barra. Él notó cómo varias cabezas se giraban lentamente, observándolos con hostilidad. Sin embargo, mantuvo la expresión dura y siguió adelante.

Apoyó los codos sobre la barra, haciendo una seña al camarero para que se acercara.

—*What do you drink, buddy?* —preguntó el camarero.

—Una cerveza.

—¿Español, eh? Bonita compañía.

—Sí —dijo, y esperó a que le sirviera la botella—. Busco a Manolo.

—No conozco a ningún Manolo.

—Manny, Manny Espino.

El comentario fue directo, sin perder tiempo.

El camarero levantó la vista apenas unos centímetros; sus ojos miraron a la chica, con un leve destello de recelo antes de volver a sus vasos.

—Lo siento, compadre, pero no conozco a nadie con ese nombre —respondió con frialdad.

El detective dejó caer un billete sobre la barra, sin decir nada.

—¿Te refresca la memoria?

—Quizá debería marcharse, amigo —dijo el camarero, y sus ojos se giraron hacia algo que aparecía desde detrás de él—. Aquí no nos gustan los preguntones.

Maldonado notó el peso de una mirada antes de girarse. El tipo estaba a tres pasos, lo suficiente para que el olor a colonia le llegara antes que el brillo de sus cadenas. Demasiado cerca para ser casual. Debía de ser Manny Espino.

El hombre resaltaba entre la multitud como un gorila albino: traje inmaculado de corte italiano, cadenas de oro que captaban cada destello de luz y esa sonrisa depredadora, de dientes artificialmente perfectos. No imitaba a Tony Montana; creía haberlo superado.

—Vaya... ¿Es usted Espino? —preguntó, y miró cómo un guardia de seguridad se acercaba a Carla—. Ni se te ocurra acercarte a ella, tronco.

—¿Y quién carajo es usted, españoleto?

—Parece ser que sí es Manny Espino. Creía que sería más alto —soltó, examinándolo con desprecio—. Mi nombre es Javier Maldonado.

Manny rio con una carcajada, avanzando unos pasos hasta situarse peligrosamente cerca del sabueso. El intenso aroma a fragancia cara lo envolvió.

—A ver si lo adivino... ¿Policía? ¿Detective privado? No sé, no parece ninguna de las dos cosas... —respondió Espino, con voz burlona—. Pero, ¿qué más da? No todo se puede tener en la vida, ¿verdad?

—¡Manny!

Carla dio un paso hacia delante, decidida a calmar los ánimos, antes de que la situación se descontrolara, pero el matón que la custodiaba intervino.

—¡La mano, colega! —advirtió el detective.

—Ya decía yo que era mucha casualidad que el españoleto viniera acompañado de esta fulana...

—También te lo advierto a ti, Manolo.

—Es el hermano de Silvia —intervino Carla—. Por favor, solo quiere hacer algunas preguntas.

Manny miró a Carla con un brillo en los ojos; su actitud se suavizó ligeramente.

—Mucho tiempo sin verte por aquí, Carla. ¿Sigues poniendo cubalibres y mezclándote con las personas equivocadas? Recuerda que siempre tendré un lugar para ti...

—Lo justo para no aburrirme —contestó ella, cautelosa pero firme.

Maldonado observó el intercambio y decidió mantener la presión.

—¡Escuche, Espino! No me importa lo ocupado que esté con su negocio, ni lo mucho que intente intimidarme, pero quiero saber qué le pasó a mi hermana.

Carla se mordió el labio. No por miedo, sino por algo peor: el conocimiento.

—¿Su hermana? ¿Acaso no la conocía? —preguntó, y notó la duda en su rostro—. Amigo... Esa información tiene un precio muy alto.

—Espero que menos que ese traje.

Espino arqueó una ceja y dio un paso más cerca del español, bajando la voz a un susurro amenazante.

—La verdad, por aquí, viene con factura de plomo.

El detective sostuvo la mirada. El sudor le resbaló por la nuca, pero no parpadeó. Espino tampoco.

Error.

—Entonces, qué suerte que haya venido preparado.

El silencio se extendió entre ellos por unos segundos. El expolicía miró a la cintura del matón y luego a la del hombre que tenía enfrente. Los dos iban armados y la situación podía acabar muy mal. Finalmente, Manny rompió el contacto visual, mirando alrededor con teatralidad.

—Escúcheme bien, amigo... Silvia era una chica lista —comenzó, acariciándose una de las cadenas doradas—. Sabía manejarse bien por aquí. Pero empezó a jugar en ligas demasiado altas... y eso pasó factura. Una factura que no pudo pagar.

—¿Quién la puso ahí arriba? —preguntó, endureciendo el tono.

—¿Quién cree? —Espino alzó las cejas—. ¿También tengo que hacer el trabajo por usted?

—Deme un nombre y me largaré.

—Mire, como quiera... No soy yo el que quiere meterse en problemas con usted.

—Ni yo con usted.

—Es un tipo muy confiado... En fin, que sepa que hay alguien más grande detrás de todo esto, en esta ciudad. Un tipo peligroso al que no le gusta que lo mencionen demasiado: Sullivan.

El nombre le cayó en el pecho como un yunque. No dijo nada. Pero las manos, bajo la mesa, se le cerraron sin que se diera cuenta.

—Y ese tal Sullivan... ¿tuvo algo que ver con lo que le pasó a mi hermana?

Espino se encogió de hombros teatralmente.

—Aquí nadie hace nada sin su permiso, detective. Pero usted no escuchó eso de mí. Si tiene algún problema con él, le recomiendo tomar el próximo avión a Madrid. De hecho, se lo recomiendo ya. Sullivan no es alguien con quien quiera jugar... Dada su bravuconería ibérica, es probable que ya sepa que está metiendo los morros donde no lo llaman.

—Descuide, señor Espino. Vine precisamente para jugar.

Manny observó al detective con algo parecido al respeto, reconociendo la determinación en sus ojos.

—Tiene cojones, Maldonado, pero, en este juego, la primera ficha que pone en la mesa es su vida. La segunda... —Sus ojos se desviaron brevemente hacia Carla—. La segunda suele ser alguien más.

El detective tomó a Carla por el codo, más fuerte de lo necesario.

No era un gesto protector. O sí. Él no lo sabía. Solo que no soportaba la idea de verla en el suelo, como a Silvia.

Ella no se quejó, pero su piel estaba fría bajo sus dedos.

—¿Algo más que deba saber antes de irme?

El mafioso le lanzó una última sonrisa de serpiente.

—Solo que Miami no perdona, detective. Sullivan tampoco. Aquí, una bala basta. Piénselo como cortesía local.

Todavía rumiando las últimas palabras de Espino, salió del club y se dirigió hacia el coche. El aire de la calle olía a gasolina y marisma, pero no más limpio que el del club. Maldonado no corrió, pero apretó el paso. Carla tropezó con el bordillo y él la sostuvo por la cintura. Demasiado rápido. Demasiado cerca. Después, tampoco necesitó mirar atrás. El reflejo en los cristales del Honda le mostró una silueta inmóvil: ¿Espino? ¿O uno de sus matones? Carla le rozó el brazo por accidente, como si temiera que la noche se lo arrebatara.

Entonces se giró hacia ella y la miró a los ojos:

—Vete a casa, Carla —dijo, abriendo la puerta del coche—. Esto ha terminado.

Ella no se movió. Seguía mirándolo.

—¿Terminado? ¿Que esto ha terminado?

—¿Qué demonios te pasa? ¿No te ha quedado claro?

—Ya tiene lo que buscaba, eso es, dígalo —le respondió, malhumorada—. Ya me ha usado para su interés y me da una patada como si fuera una furcia.

—No me jodas.

—Ah, ¿sí?

—¿Por qué coño me ayudas? —preguntó él, sin mirarla. No entendía a qué venía todo ese teatro, aunque sospechó que sería fruto del estrés.

Carla bajó la mirada.

—A Sullivan le sobran cadáveres... y a mí me faltan amigos.

Él la miró por fin, y en sus ojos no había nada. Solo cansancio.

—Así que es eso...

—No me diga que esto no le importa.

—Si no me importara, no estarías viva.

La rabia se convirtió en derrota. La expresión de la mujer cambió.

—Haga caso a Manny Espino, Javier —le dijo, y puso la mano sobre su antebrazo—. Se lo ruego.

La respuesta le había gustado. De hecho, le había gustado demasiado.

Ella se giró y miró hacia el club.

—¿Y marcharme sin dar con el asesino de mi hermana? Lo siento, pero solo escucho a mi instinto.

—Por favor —su voz tembló—. Sullivan no deja rastros ni testigos. Los detectives como usted... simplemente desaparecen.

21

Cuando el detective salió del Club Flamingo, el nombre de «Sullivan» le quemaba en la mente como una colilla apagada contra la piel. En el barrio cubano, la noche caía densa como el humo de un habano olvidado. El viejo Honda estaba aparcado bajo una farola que apenas proyectaba una luz fantasmal sobre el capó abollado.

—No me gusta cómo te miraba Manny antes de irnos —comentó Carla, abrazándose a sí misma para protegerse del aire pegajoso de la noche.

—Es su manera de mostrar afecto —replicó él con sarcasmo—. Deberías ver cómo me miran mis peores enemigos.

Carla lo observó de reojo, preocupada. Iba a decir algo, pero se detuvo cuando él clavó la mirada en un coche negro que había estacionado a media calle, con las luces apagadas y el motor ronroneando al ralentí.

—¿Qué ocurre?

—¡Sube, rápido! —le dijo con voz seca—. Y abróchate el cinturón.

Entraron en el vehículo y arrancó al instante, haciendo chirriar los neumáticos sobre el asfalto sucio de la calle. El otro vehículo encendió los faros y salió disparado tras ellos.

—¿Quiénes son esos? —preguntó la mujer, aferrándose con fuerza al asiento.

—Deben de ser los mismos de antes. Gente que no quiere que siga metiendo el dedo en la herida. Cortesía del tal Sullivan, supongo.

La ciudad palpitaba con ritmo de timbales lejanos, expulsando el aliento caliente por las aperturas de aire acondicionado sobre las aceras vacías. En cambio, el detective sentía que todo estaba en pausa.

Apretó la mandíbula mientras doblaba la esquina. Quince años esquivando balas, sobornos y tentaciones para acabar jugándose el pellejo por un nombre garabateado en una servilleta, pensó. ¿Valía la pena? Probablemente no. Pero la estupidez siempre había sido su único talento verdadero, y su hermana, probablemente, la única persona que le había demostrado amor puro. No podía echarse atrás. La aguja del velocímetro se agitó peligrosamente al pasar por encima de los límites legales. El sedán negro permanecía pegado al parachoques trasero, sin dejarle espacio ni para respirar.

—¡Agárrate bien, chica!

El semáforo cambió a rojo. Como si importara. Las reglas eran para los ingenuos. Él lo sabía desde los doce años, cuando recibió la primera bofetada en el patio del colegio. Algunas lecciones se aprenden temprano o no se aprenden nunca.

Un vehículo que venía desde la izquierda frenó violentamente y tocó la bocina con furia, pero el detective ni siquiera parpadeó. El sedán lo siguió, mostrando la misma falta de escrúpulos.

—¡Nos van a matar! —exclamó Carla, con la voz quebrada por el miedo.

—No lo creo —respondió él, girando bruscamente hacia Flagler Street—. No todavía.

Carla confiaba en él.

«Pobre ilusa... Como Marla, la última vez que me dijo "confío en ti"... y acabé en los juzgados».

Si sobrevivían a esta noche, tendría que explicarle que ser un héroe solo garantizaba un funeral con más flores. Nada más.

El Honda se deslizó entre un taxi y una furgoneta, con apenas unos centímetros de margen. No era su Golf moviéndose por Madrid, pero respondía como si entendiera que sus vidas dependían de ello. En el retrovisor, los faros del sedán negro devoraban la distancia entre ellos, implacables.

Comprobó el espejo. Estaban demasiado cerca. Sin opciones. Sin escapatoria. Solo quedaba lo impensable. No podría mantener la distancia por mucho más tiempo y eso, sospechó, acabaría en un tiroteo o contra un muro. Necesitaba una maniobra desesperada.

—¡Escúchame bien! Cuando frene, sal corriendo del coche —le ordenó a la camarera, clavando la mirada en el espejo retrovisor—. Yo distraeré a esos majaderos.

—¿Está loco?

«No tanto como para olvidarme de Silvia».

—Tal vez —gruñó él, presionando el acelerador al máximo—. Pero no pienso dejar que te pase nada.

Al llegar a un semáforo cerrado, junto a un restaurante cubano abarrotado de gente, el sabueso frenó con brusquedad. Carla no tuvo tiempo de protestar: el detective empujó la puerta del pasajero.

—¡Ahora!

Carla salió a trompicones del Honda y se refugió rápidamente en la multitud que aguardaba junto al restaurante. Él aceleró con violencia, girando a la derecha para que el otro no tuviera tiempo de ir tras ella.

La persecución se intensificó por las avenidas ahora más amplias, con el viento cálido entrando por la ventana abierta. Maldonado zigzagueaba entre taxis y camiones, pero el otro coche ganaba terreno. Podría pisar el freno y acabar con todo. Solo un segundo de cobardía y todo terminaría. Pero Silvia... Silvia no le perdonaría eso. Ni Carla.

En un intento desesperado, giró en Biscayne Boulevard, con el vehículo lanzado a toda velocidad.

Sin embargo, un SUV apareció inesperadamente desde una calle lateral. El detective frenó en seco, pero era demasiado tarde.

Uno.

Dos.

Mierda.

El impacto lo desintegró todo en un instante. Acero contra acero. El parabrisas explotó en una lluvia de cristal que flotó ante sus ojos con una lentitud imposible. El cinturón mordió su pecho con fuerza. Por un segundo, sintió que era Silvia quien lo sujetaba, suplicándole que siguiera respirando.

El dolor se expandía, punzante, mientras el sabor metálico de la sangre manchaba su lengua. El mundo se convirtió en un remolino de luces.

El Honda dio media vuelta, derrapó y terminó estampándose contra un poste de luz. El airbag se disparó y el sabueso permaneció aturdido por unos segundos que parecieron eternos, con un zumbido sordo llenando sus oídos.

Al abrir los ojos, el detective vio cómo el sedán negro frenaba bruscamente a pocos metros del accidente. Dos hombres, vestidos con camisetas y americanas oscuras, bajaron apresuradamente, decididos a terminar el trabajo. Maldonado reaccionó con rapidez. Liberándose del cinturón, empujó con fuerza la puerta destrozada y salió tambaleándose, aprovechando el humo y la confusión para cubrirse.

No miró atrás. No hacía falta. Cruzó la avenida. Saltó entre los vehículos. De pronto, un frenazo. Un insulto. Una bocina furiosa. Siguió corriendo. Las piernas le ardían. Los pulmones protestaban. Cada bocanada de aire era fuego. Pero se movía. Aún respiraba, y ya era pedirle demasiado al día. Los dos matones intentaron seguirlo, pero, para entonces, el español ya había alcanzado la entrada oscura y angosta de un aparcamiento subterráneo.

En la penumbra del sótano, se agazapó tras un viejo Mustang cubierto de polvo, intentando recuperar el aliento. Escuchó pasos corriendo arriba, pero nadie se atrevió a bajar. Finalmente, todo quedó en silencio.

Cuando comprobó que se había quedado solo, sacó el móvil recién comprado en la tienda de aquel tipo. Tenía un mensaje de Carla:

«¿Está vivo?»

Maldonado escribió con manos temblorosas:

«Por ahora. Quédate escondida. Han destrozado el coche de Silvia».

Apoyó la cabeza contra la rueda del Mustang, sintiendo el ardor de un golpe en el hombro por el tirón del arnés. Maldijo en voz baja, comprendiendo la gravedad de su situación. Un poco más y no lo cuentas, lamentó, consciente del peligro en el que se había metido. Había estado a punto de morir, y no sería la última vez. Esta no ha sido una buena idea. Primero, el tiroteo en casa de la hermana y ahora el choque. Sin duda, había sido una advertencia clara de lo que le podía esperar.

Finalmente, salió lentamente del aparcamiento, con el sabor amargo de la derrota en la boca.

Miró su teléfono; la respuesta de Carla fue rotunda:

«Vuelva a Madrid, detective. Aún está a tiempo».

Las letras del mensaje parpadeaban en la oscuridad como la última salida de una autopista antes del desierto. Guardó el teléfono, ignorando la advertencia. Encendió un light y sintió el humo mezclándose con la herida en su boca. Comenzó a caminar. Miami tenía razón en una cosa: lo peor de seguir vivo era saber exactamente lo que aún podía perder.

22

Domingo.

Día 3.

No lo despertó el amanecer. Fue el dolor. Había pasado una noche de mil demonios.

El día después de la emboscada, estaba convencido de que la ciudad quería escupirlo al mar. Cuando abrió los ojos, lo primero que vio fue la mancha de humedad en el techo de la habitación del motel donde se había quedado la primera noche. Tenía el cuerpo entumecido, el hombro amoratado por el cinturón de seguridad, y una amargura que ni el sol insolente de South Beach podía disimular. Entonces lo recordó: el Honda de su hermana estaba reducido a chatarra, y el seguro jamás cubriría una persecución a tiros con criminales locales. «Lástima de vehículo», pensó. Pero ese no era el mayor de sus problemas. El daño que más le dolía no era físico, sino la certeza de que, a cada paso, pisaba un terreno aún más corrompido.

Después de los últimos acontecimientos, y dado que no iba a ser fácil avanzar sin refuerzos, la única salida que tenía —y que despreciaba hasta las tripas— era el detective Broward. Ese yanqui con cara de piedra y corte militar, que parecía dormido incluso cuando mascaba plomo. El español era consciente de lo bajo que había caído al pedir ayuda a aquel policía, pero también sabía que el conocimiento de ese hombre podía marcar la diferencia entre volver a Madrid en una caja de pino o en un vuelo de Iberia.

Detestaba los aviones, pero más aún los ataúdes.

El encuentro había quedado fijado en Smith & Wollensky, en South Beach, un restaurante demasiado sofisticado para su gusto, aunque desde su terraza, frente a Government Cut, la ciudad lucía engañosamente pacífica. La brisa olía a turistas bronceados y solo hacía que el calor fuera más pegajoso. Los yates blancos flotaban como parte del decorado y las olas lamían el espigón. Llegó fumando un light, pero pronto descubrió que la ciudad no era un espacio abierto para los fumadores —al menos, de cigarrillos—, pues el olor a yerba lo invadía todo. A medida que se acercaba al punto de encuentro, comprendió que aquella era la zona del dinero, de la gente acomodada, de los turistas... y donde los pobres no tenían voz.

Entró al restaurante pasando de largo ante la anfitriona, que le ofreció una mesa en el interior. La ubicación era perfecta, frente a la cristalera que daba al exterior. Al fondo de la sala, un tipo trajeado masticaba su bistec con la misma delicadeza que un cocodrilo y disimulaba torpemente su atención hacia él.

Tenía admiradores. O eso pensaba. En esa ciudad, nadie miraba gratuitamente.

Broward lo esperaba con el rostro hundido en una taza de café negro como su conciencia. Parecía envejecido desde su último encuentro, pero la mirada fría permanecía igual: la de un hombre que había visto demasiado y, al mismo tiempo, había olvidado cómo sorprenderse.

—Puntualidad española. Me sorprendes —Broward no alzó la vista. La taza tembló en su mano—. Siéntate.

El sabueso lo ignoró y permaneció de pie, con la mandíbula tensa.

—Anoche trataron de matarme. Dos veces —soltó en español, delante del resto de los comensales. Cada palabra iba impregnada de rabia—. Pensaba que los policías de esta ciudad se preocupaban por eso.

—¿De verdad crees que puedo controlar a cada desgraciado armado en Miami? —replicó Broward, levantando de repente la vista hacia él—. ¡Deja de hacer el ridículo y toma asiento! Vengo a menudo por aquí.

Finalmente, Maldonado se sentó frente a él. Respiró hondo, intentando controlar su desprecio hacia la resignación del policía.

—Entonces, ¿qué coño haces aquí?

—Almorzar, ¿no lo ves?

—Esto ha sido un error.

—Escucha, pardillo. Aquí, hasta las ratas comen de la mano del mismo patrón.

—Y las que no lo hacen... terminan muertas en una cuneta.

—¿Qué esperabas? Te lo advertí, pero no. El macho español... Tendrías que haber comprado esos billetes de vuelta.

—Dime una cosa, Broward: ¿para qué demonios llevas una placa? ¿Decoración?

Broward torció los labios en algo que pretendía ser una sonrisa, pero se quedó en mueca. Sus ojos cansados miraban a algún punto lejano sobre el océano.

—Para recordarme lo que fui —respondió, pasando un dedo por el borde de la taza—. Lo que todos empezamos siendo.

—Diría que siempre has sido lo mismo.

—Tú crees que lo haces por justicia. Yo también lo creí, hace quince años. ¿Y sabes qué? La justicia no paga el alquiler.

—Venga, hombre. No me vengas con cuentos. Todos pagamos una renta.

—¿Sabes lo que pasa cuando intentas luchar contra un hombre como Sullivan?

—Sí. Sobre todo, si eres policía. Terminas exactamente igual que tú: atrapado en tu propia mierda, incapaz de dormir por las noches.

El policía se encogió de hombros con un leve gesto de aceptación.

—Touché. ¿Crees que disfruto esto? ¿Que no me asquea cada dólar que pasa de manos de Sullivan a los bolsillos de jueces y fiscales?

—No parece que te importe.

—Esta ciudad está podrida. No hay nadie limpio aquí.

—Ni siquiera tú.

—Ni siquiera yo.

Maldonado no esperaba que el bastardo se quitara la máscara. Ni siquiera por un segundo.

Esperaba una reacción opuesta, una última advertencia ante tal provocación. Por primera vez, vio algo humano, casi vulnerable, en aquel policía cínico.

—Sigo pensando que esto ha sido un error.

—Estamos de acuerdo en esto —dijo, y uno de los camareros se acercó a la mesa—. ¿Vas a almorzar?

El sabueso pidió un café y unos huevos revueltos, y el policía tradujo la comanda al inglés.

—Mi hermana no merecía esto —soltó, finalmente, cuando se marchó el empleado del restaurante—. No era una furcia, ni una yonqui. No merecía que la tirasen como basura en un callejón. Era... era la única familia que me quedaba.

Hizo una pausa. El brebaje le sabía a rayos.

—Y la tiraron como si nunca hubiera existido.

—Apuestas mucho por ella.

Los ojos del español se encendieron, pero se contuvo antes de montar una escena.

—Cuidado con lo que dices de Silvia. No me conoces de nada.

Pero Broward no reculó. No le intimidaba su presencia.

—Tu hermana se metió en algo demasiado grande. Algo para lo que no estaba preparada.

—Así que, ¿la conocías?

Broward bajó la mirada.

—No me vengas con moralismos.

—¡Habla, maldita sea!

—Una vez... la saqué de un buen lío —respondió sin despegar la vista del plato—. Hubo una redada en un local de mierda donde no tenía que estar. No salió en el informe.

—¿Y por qué lo hiciste?

—Porque me lo pidió. Y porque pensé que... —Hizo una pausa—. Porque pensé que, si la ayudaba, dejaría de correr.

El español lo observó, estudiando su expresión.

—¿Y qué te dio a cambio?

—No todo se paga con dinero. A veces... basta con que te miren como si no fueras una mierda.

—Ya. Pero tú sabías lo que hacía.

—Claro. Pero no todos jugamos para ganarle al sistema. Algunos solo queremos que no nos aplaste del todo.

—¿La amabas?

—No. Pero me gustaba pensar que era alguien a quien podía salvar.

—Pues no lo hiciste.

—No. Pero tampoco fui el único que falló, Maldonado.

Sullivan no es solo un capo, es un cáncer. Tiene comprados a políticos, policías, senadores... Hasta la maldita basura que recogemos los lunes está sucia con su dinero. De Miami a Nueva Jersey, nadie le hace sombra.

El español guardó silencio un instante. El tipo de la esquina seguía allí, pero ahora había dejado de fingir que comía. Su mirada era directa, inclemente, y su mano derecha descansaba bajo la chaqueta, donde solo podía haber una cosa.

No era paranoia. Era vigilancia. Era una advertencia.

—No estamos solos —murmuró, sin apartar la vista del tipo.

Broward ni se giró.

—Nunca lo estamos.

—Dime una cosa: ¿tú también estás comprado o solo tienes miedo?

El americano exhaló lentamente, mirando su taza vacía.

—Ambas cosas.

—¿Y tienes los santos cojones de reconocerlo?

—Tú también fuiste policía.

«Has hecho los deberes, Broward».

La idea de que el americano hubiera estado excavando en su pasado le produjo un escalofrío.

—A diferencia de ti, jamás, en la vida, yo...

—¿Qué? ¿Jamás abusaste de tu influencia?

Maldonado echó la vista atrás y reconoció algunos de sus errores.

—Todavía no has respondido a mi pregunta.

—¿Cuál es la diferencia? ¿Y qué importa? Hay momentos en los que ya no sé qué es peor.

Un destello de empatía. Luego nada. El madrileño apartó el plato de huevos y se inclinó hacia delante. Era hora de dejar la mierda sentimental.

—Mira, no tengo interés en sacarte los colores. Si he venido aquí, es porque aún me quedaba algo de fe en la policía. Pero ya veo que la he perdido.

—¿Por qué sigues ahí sentado?

—No voy a desperdiciar este almuerzo y estas vistas. Tal vez sea el último capricho que me dé.

—Por el camino que llevas, no me sorprendería.

—Sin embargo, sí busco algo de ti.

—¿Crees que te lo voy a dar? Eres increíble. Parece que no hayas oído ni una palabra de lo que te he dicho.

—Quiero llegar al final de este asunto.

—¿Qué gano ayudándote?

—No pierdes nada y ganas la posibilidad de quitarte un problema de encima.

—Eres optimista, vaquero.

—No lo entiendes. El problema soy yo. Así que dame algo que pueda usar para llegar al fondo del asesinato de mi hermana... Nombres, direcciones. Algo para no pensar que me has citado aquí, solo para contarme que eres un saco de escombros y convencerme de que debería apalearte.

El policía se pasó una mano por la cara, pensativo, antes de responder.

—Debería partirte la cara.

—Número 47 en la cola. Tome su turno.

El americano lo observó con ojos cansados.

—Esta vez ni el consulado podrá identificar lo que quede de ti.

Maldonado no parpadeó.

—Dame algo útil o deja de ladrar.

—¡Está bien! —dijo Broward, dejándose convencido—. Lo tendrás.

Sacó un bolígrafo del bolsillo del pantalón y escribió un nombre en un pedazo de papel. Luego lo plegó y se lo pasó al detective por encima del mantel.

Cuando el español lo tomó, leyó un nombre: DeWitt.

Un nudo le apretó el estómago.

«DeWitt...».

Ese nombre no era nuevo. Lo había visto una vez, en los papeles del ordenador de Silvia.

No era un simple contable.

—DeWitt —repitió, en voz baja.

—Es uno de los contables que manejan los números sucios de Sullivan. No sé dónde está ahora, pero tu hermana habló con él antes de morir. Si quieres respuestas, empieza por ahí.

—¿Cómo demonios sabes eso?

—La vigilé durante un tiempo. Tenía fotos de ella. En el club. En el apartamento. Con Sullivan. Pensé que era otra chica más buscando fortuna rápida... Hasta que apareció muerta.

La respuesta enfureció al detective. Se sentía impotente.

—¿Por qué lo dices ahora?

—Porque debí advertirla a tiempo. Como estoy haciendo ahora.

—Un poco tarde, ¿no crees?

—Quizá.

—¿Qué quieres a cambio?

Broward lo miró a los ojos, serio como una lápida.

—Quiero dormir una noche, Maldonado. Hace tiempo que no duermo más de tres o cuatro horas seguidas... Dormir tranquilo. Saber que al menos alguien tuvo agallas para enfrentarse a ese cabrón.

«Alguien que no es como tú, cobarde».

Se levantó despacio y dejó un billete arrugado sobre la mesa, aunque solo cubriría la propina. Antes de girarse, sintió que debía decir algo más.

—¡Gracias!, supongo —soltó, con dificultad—. Y si aún tienes una pizca de honor, deja esta mierda y haz algo que valga la pena.

—Lo pensaré —respondió Broward—. Quizá, algún día.

Al salir, notó al hombre del fondo siguiendo sus movimientos. Ojos fijos. La mano derecha bajo la chaqueta. Mensaje recibido.

En la calle, el sol lo cegó momentáneamente, devolviéndolo a la realidad. Parpadeó tres veces hasta que el mundo recobró sus contornos.

«DeWitt».

Un mensaje de texto a Carla fue suficiente para avisarle de que iba de camino a su apartamento. Debía actuar rápido.

El nombre del contable palpitaba en su cabeza, como una bala alojada en el cráneo.

Sus pies se hundían más en el pantano con cada paso. La orilla ya no existía.

Parte de él aún deseaba ser un cobarde.

Pero cuando es tu hermana la que aparece en la morgue, el miedo es un lujo que no puedes permitirte.

23

La Habana moría en aquel apartamento. El ventilador del techo cortaba el aire a tijeretazos, apenas moviendo el olor a café que luchaba contra la sal intrusa del mar. Cuando Maldonado entró, lo primero que pensó fue que la nostalgia también tenía su propio perfume.

—Siento el retraso —comentó, junto a la puerta—. Olvidaba que aquí todo el mundo va en coche a todas partes... ¿Has encontrado algo?

Carla levantó la vista del portátil.

—Deberías ver esto.

—Y tú deberías empezar a tutearme —replicó él, acercándose. Apoyó ambas manos sobre la mesa, mientras la mujer señalaba una carpeta en la pantalla, oculta entre otras con nombres inocentes. «Contabilidad especial», decía la etiqueta.

—¿Contabilidad especial? ¿Es esa la carpeta que ya revisamos? —murmuró Maldonado, inclinándose para leer mejor.

—No. Esta es otra, y estaba oculta. Contiene algo que Silvia guardó por alguna razón —respondió Carla—. Es diferente a las facturas que vimos anteriormente. Mira las fechas.

El sabueso revisó rápidamente el contenido. Era una especie de libro mayor digital, perfectamente ordenado, con pagos anotados en cantidades que superaban con creces el salario de cualquier trabajador honrado. Nombres codificados, algunos con iniciales, otros censurados. Pero lo que más destacaba eran las coincidencias con decisiones judiciales y adjudicaciones municipales en Miami.

—Imposible —Maldonado retrocedió—. Esto no es de Silvia. Tiene que ser robado.

Carla lo miró fijamente.

—La contraseña era tu nombre, Javier. Solo tu nombre.

El detective sintió cómo se desmoronaba su última esperanza.

Volvió a leer los registros. Aparecían iniciales como "J.L.", "M.B.", y nombres parciales como "Harb... Corp." y "Sunrise Dev.". No entendía todo, pero intuía cómo funcionaban los números y de dónde procedían. No tardó en descubrir una anotación reveladora: transferencias realizadas por DeWitt, justo el día después de que encontraran el cadáver de Silvia.

—La fecha encaja... Maldita sea. Esto huele peor de lo que imaginaba —dijo, en voz baja—. Ese tipo, DeWitt, estaba moviendo dinero justo después de que Silvia apareciera muerta. ¿O lo movió antes de matarla?

—No lo podemos saber... todavía —interrumpió ella, suavemente.

—Es increíble que Silvia hiciera algo así. Ella...

—Nadie quiere creer que su propia sangre estaba metida en un asunto como este.

Maldonado gruñó con impotencia y siguió revisando la carpeta. De pronto, la mujer deslizó hacia él un sobre amarillento que había encontrado en un cajón junto al portátil. El detective lo abrió. Un manojo de fotografías cayó sobre la mesa, deslizándose como cartas marcadas.

«¿Qué demonios...?».

Eran imágenes borrosas, tomadas desde ángulos discretos, pero claras como para reconocer a Silvia junto a quien intuyó que sería el contable DeWitt en situaciones comprometidas. Tan comprometidas como tener sexo en el mismo apartamento que habían visitado el día anterior. Había otra fotografía en la que su hermana aparecía sentada en un banco público con Broward, conversando con una actitud amistosa. La imagen de Silvia jugando aquel juego sucio se retorcía dentro de él. Ya no era su hermana. Era otra más, atrapada en la misma mierda que él había jurado no volver a pisar.

—Ahora entiendo la cara de ese bastardo —murmuró, con disgusto, al pensar en el policía—. Mi hermana lo tenía cogido por las pelotas.

—O él a ella —respondió ella, mirándolo con tristeza.

Las fotos de Silvia, que estaban sobre la mesa, parecían sangrar por los márgenes, manchándolos de carmín barato.

Pensar en su hermana, metida en aquel juego tan sucio, lo enfurecía y avergonzaba a partes iguales.

—Javier, tu hermana no era tonta. ¿Crees que estaba chantajeando a DeWitt?

—O peor aún —respondió Maldonado con tono sombrío—, creía que podía sacarle dinero, sin consecuencias.

Ella pasó un dedo por el borde de una fotografía.

—Siempre hay consecuencias, Javier.

El detective se tragó la rabia. Respiró hondo. Necesitaba reflexionar.

—¿Qué es esto? —preguntó la mujer, repentinamente, sacando una hoja doblada del fondo del sobre. Una nota manuscrita en tinta roja.

El detective tomó el papel, con cautela, reconociendo de inmediato la letra rápida y descuidada de Silvia. Sin embargo, no entendía lo que decía, porque estaba en inglés, así que le pidió a Carla que la leyera:

—DeWitt, basta de juegos. Sé dónde escondes tu basura. Si no quieres que todo Miami sepa quién eres realmente, tendrás que pagar. Te veré en Naples.

—Naples —susurró el sabueso—. ¿Qué hay en Naples?

—Gente con dinero, mansiones discretas, playas tranquilas. Mansiones blancas frente a un mar turquesa, donde los millonarios esconden sus pecados tras palmeras y sonrisas artificiales.

—Entiendo. Definitivamente, una ciudad para viejos ricos que quieren estar alejados del ruido de esta ciudad.

—Silvia planeaba sacarle dinero allí. ¿Crees que DeWitt la mató por esto?

—Si ese contable no lo hizo, seguro que conoce a quien sí —respondió él con gravedad—. Por desgracia, sigo sin saber el porqué.

—Le tendieron una trampa.

—Lo sabía. Ese forense estaba compinchado con Broward. Intentaron venderme una mentira.

—¿Qué clase de mentira?

—Ya lo sabes... que mi hermana era una pelandusca.

—Silvia hizo muchas cosas para salir adelante, pero...

Él no la dejó terminar.

—Silvia murió porque vio algo que no debía... y no supo callárselo.

La camarera cruzó los brazos, claramente preocupada.

—¿Vas a presentarte solo ante esa gente? Estás firmando tu sentencia.

Quería quedarse. Quería no saber. Pero ya no podía.

Silvia le había dejado el camino marcado. Y él, como un idiota, lo iba a seguir hasta el final.

—Voy a ir a Naples, a buscar a ese tipo. No puede estar muy lejos de aquí.

—No, no lo está. Son dos horas en coche, pero no es tan sencillo...

—¿Acaso no tienen buenas autopistas?

—Eres un excéntrico. Vas a regalarles otro cadáver.

Maldonado sacó la foto de Silvia y DeWitt. El sudor le resbaló hasta manchar el rostro impreso.

—Ellos ya empezaron la cuenta.

—¿Y cuánto te queda, Javier?

—Mira, Carla. Voy a encontrar a DeWitt, y me importa tres cojones lo que ese cerdo tenga para mí. Me dirá exactamente quién dio la orden —expresó, tajante—. Y no vas a convencerme de lo contrario... así que ahórrate el esfuerzo.

—No seré yo quien te detenga. Estás chalado.

—Ya no se trata solo de Silvia. Esta mierda me supera, y alguien tiene que hacer limpieza.

Ella lo miró en silencio unos segundos, antes de hablar:

—Javier, prométeme que no harás ninguna estupidez.

—No te voy a engañar. No sé quién, pero alguien va a pagar la cuenta.

La mujer suspiró, asintiendo con resignación.

—Eres un hombre adulto. Ya te lo dije. Si no vas a por ellos, vendrán a por ti.

Maldonado tomó las fotos y el portátil, consciente de que ahora sostenía el destino de más de un hombre entre sus manos. La Virgen del Cobre lo miraba desde la pared, inmóvil, piadosa, como si aún creyera en el perdón.

Él no creía en santos. Ni en segundas oportunidades. Ahora solo quedaba avanzar o morir en el intento.

Salió del apartamento, decidido. Al cerrar la puerta, Carla lo observó cómo se fundía con la niebla del callejón.

Él volvió a mirar la foto: Silvia, desnuda, junto a ese cerdo.

Fijó la vista en el Rolex que lucía el contable.

Se dijo que, pronto, DeWitt también sería solo un objeto, menos brillante, pero frío y sin pulso.

24

Lunes.

Día 4.

Carla había soltado migajas sobre Silvia. Confiaba en ella, pero algo le hacía dudar de su lealtad, después del encontronazo con Manny y ese interés genuino por ayudar a su hermana. La camarera dejaba caer pistas a medias. Y, como siempre, se quedaba corta.

A la mañana siguiente, en la recepción del bloque de apartamentos de alquiler, Maldonado alargó su estancia tres noches más. No hubo preguntas. Pagó en efectivo. El tipo del mostrador ni siquiera lo escaneó.

«Perfecto».

No era el Ritz, pero el dinero aguantaba y nadie hacía preguntas en un agujero como aquel. Compró un café para llevar en un «take away» y regresó a la habitación. Dejó las cosas sobre el escritorio y se sentó a revisar la documentación que se había llevado del apartamento de la camarera: las fotos de su hermana, las facturas y el ordenador portátil. Lo encendió de nuevo y revisó las carpetas. Entre las transferencias y los recibos, encontró un registro de Skype. Llamadas y mensajes cortos, crípticos. El último contacto antes de que Silvia mordiera el polvo: un tal «EG-MH». Sin foto, sin alma.

Solo un mensaje:

«See you *ASAP*».

—Lo antes posible —murmuró Maldonado, masticando las palabras—. Ahora entiendo que la policía requisara el teléfono móvil de Silvia... ¿En qué demonios andabas, hermanita?

Por fortuna, Silvia había tomado sus precauciones.

Aunque Maldonado entendía y se manejaba con el inglés conversacional, todo lo que contenía el chat le sonaba a chino. Era como si hablaran en clave. Sin embargo, lo más difícil, para él, era creer que Silvia hubiese recabado toda esa información por su cuenta, y se preguntó cuál era su verdadero interés en DeWitt.

Viajó hasta la sede del Miami-Dade Police Department en un trayecto largo, soporífero. El motor del viejo taxi amarillo ronroneaba con desgana en medio del tráfico espeso de la tarde, y él, con el ceño fruncido, repasaba mentalmente cada palabra que había leído y escuchado desde que pisó Florida. No le cuadraban. Nada le cuadraba. Empezaba a estar harto de aquel sitio.

En la recepción del departamento, una agente con uñas largas de gel y rostro estirado le pidió que esperara. Esperó. Diez minutos después, un tal sargento Sánchez lo recibió en una oficina que olía a desinfectante barato. Al parecer, se habían dado cuenta de que era español.

—Mire... señor Maldonado, ¿verdad?

—Así es.

—Ya revisamos el caso... Lo siento, pero está cerrado —dijo el policía, con voz monótona y acento fronterizo, sin levantar la mirada de su monitor—. Sobredosis accidental. Eso es lo que concluyó el forense, y no tenemos pruebas que indiquen lo contrario.

—¿Y las marcas en la muñeca? ¿Los correos del teléfono móvil? ¿Las llamadas perdidas a la 1:47 de la mañana?

Sánchez suspiró sin levantar la vista.

—Así que habló con Broward. Pues ya sabe lo que había.

El policía apoyó los codos en la mesa.

—Todo eso fue revisado. No hay nada concluyente. Se trata de una mujer con historial de ansiedad, un trabajo estresante... y una mezcla letal de opioides en sangre. Es trágico, pero no inusual. Lo siento.

Lo miró. O, mejor dicho, no lo miró. Lo atravesó con esa mirada institucional que dice: «Ya hicimos nuestro trabajo, ahora déjenos en paz».

El español se levantó. No hacía falta decir más. La burocracia tenía el mismo sabor amargo en Miami que en Madrid: a café de Starbucks y a excusas prefabricadas.

Salió de la oficina, con el estómago apretado. Seguir allí, para él era una pérdida de tiempo.

Afuera, el calor seguía pegando sobre el asfalto. Cruzó la calle, sin rumbo, simplemente para buscar aire en el interior de algún local de comida rápida. Justo entonces lo vio: un quiosco oxidado, con periódicos colgados por pinzas metálicas.

El titular lo golpeó como un puñetazo. Se quedó congelado.

«ESCÁNDALO URBANÍSTICO EN MIAMI BEACH: EMPRESAS FANTASMA Y CONTRATOS MILLONARIOS A DEDO»

La firma estaba ahí, en negrita: Edward Gray.

—¿Qué demonios?

Sintió que iba tras algo.

Abrió el periódico con torpeza, buscando nombres. No tardó en encontrar varios conocidos: Armitage Group, DeWitt Associates, Coral Bay Developers... Todos aparecían también en las facturas ilegales que había encontrado en el portátil de Silvia. Incluso algunas de las iniciales coincidían.

El corazón le dio un vuelco. Esa noticia no era una coincidencia. La información del portátil que habían encontrado en su pequeño apartamento comenzaba a tener sentido.

El detective sospechó la probabilidad de que Silvia hubiera estado tras la pista. Y ahora él también lo estaba.

Entonces pensó en el portátil de su hermana y en el historial de llamadas de su Skype.

—Edward Gray... Edward Gray... ¡Diablos! —pensó, intentando asociar el nombre del periodista con algo.

Cerró el diario y leyó la cabecera.

Se quedó mirándola. No podía ser una coincidencia... pero ¿y si lo era?

Entonces vio el nombre: Edward Gray. EG-MH.

—Edward Gray, Miami Herald —intuyó en voz alta—. ¡Claro! Eso es. E, G, M, H...

El dueño del quiosco no entendía nada.

Entonces, Maldonado fue a la primera página y leyó el número de contacto de la redacción: (305) 555-9834.

En ese momento sonrió. No fue una sonrisa amable. Fue de esas que anuncian que alguien, en algún sitio, está a punto de tener un muy mal día.

***

El Miami Herald se alzaba en Brickell como un dinosaurio de ladrillo y cristal, aplastado entre torres financieras que lo hacían parecer más pequeño y obsoleto cada año, igual que el periodismo que albergaba. Le resultaba familiar esa situación. Siempre había detestado a los reporteros. Tuvo la sensación de que el taxi amarillo no era el único que lo había acompañado desde el motel. Preguntó por Gray en la recepción, y la recepcionista, una joven con pinta de pasante, frunció los labios.

—El señor Gray no está recibiendo visitas sin cita.

Maldonado dejó caer su credencial falsa de detective sobre el mostrador. No era oficial, pero tenía escudo y parecía lo bastante real desde un ángulo conveniente.

—Dígale que se trata de Silvia Donovan. Sabrá de qué hablo.

La chica tragó saliva. Marcó un número interno. Dos minutos después, una puerta se abrió al fondo del pasillo y un hombre de mediana edad, pelo revuelto y mirada afilada, lo observó con cautela desde el umbral.

—¿Quién es usted?

—Su ángel salvador. Tenemos que hablar.

Gray abrió la puerta de golpe. No dijo nada. Solo lo escaneó de arriba abajo y se apartó para dejarlo pasar. La oficina era un desastre: papeles amontonados, recortes de periódico clavados en la pared con chinchetas, fotos en blanco y negro de políticos esposados. Y en una esquina, una cafetera vieja que parecía haber vivido la Guerra Fría.

—Si está aquí por Silvia, llega tarde —dijo el periodista, cerrando la puerta tras él.

—¿La conocía?

—¿Puede enseñarme su licencia?

—Soy su hermano. ¿No le parece suficiente?

Al oír aquello, el periodista se pasó una mano por la nuca. Durante semanas había evitado pensar en ella, pero no podía negarse a sí mismo que la admiraba. Había sido valiente. Más de lo que él nunca fue.

—Lo siento, de verdad. Era una buena persona. ¿Qué quiere de mí?

—No vengo por las condolencias.

Gray arqueó una ceja.

—¿Qué quiere?

—Saber por qué mi hermana acabó muerta en esta ciudad de mierda. Sé que andaba metida en algo peligroso.

—Tal vez me ayude a refrescarme la memoria...

—Puede que yo se la refresque a usted.

—Es usted valiente, como ella, pero no puedo contarle más.

—Ya lo creo que sí. No me haga enfadar.

—Escuche. La advertí, pero cruzó la línea...

—Déjese de monsergas. Vengo con información que le interesa.

El periodista dejó de hablar y lo miró de reojo.

—¿Y qué información trae que no haya intentado publicar ya?

Maldonado sacó una carpeta del maletín. No la abrió aún. Se sentó frente al escritorio, cruzando las piernas con calma medida.

—Tengo algo que le interesa. El nombre es DeWitt.

Gray se enderezó. Su rostro se tensó como una cuerda al límite.

—El contable —murmuró—. Ese hombre maneja más basura que el vertedero municipal. ¿Qué tiene contra él?

—Tengo los nombres, las cifras y los pagos. Uno de esos contratos lleva la firma del alcalde. ¿Seguro que no los quiere ver? Le estoy diciendo que tengo pruebas... Las suficientes para mandar al alcalde, a tres jueces y a un par de constructores al paro.

—Quiero verlas. —Gray extendió la mano. El hambre periodística le brillaba en los ojos.

—No tan rápido... —Maldonado retiró la carpeta—. Primero necesito garantías. En esta ciudad, es más fácil comprar cocaína que confiar en alguien.

—¿Cómo sé que no es un farsante?

—No lo soy.

—Entonces, fíese de mí. Yo soy el periodista.

—Y yo, el hermano de la noticia.

—No lo entiende... En esta ciudad me quieren muerto. Ni siquiera puedo saber si usted trabaja para alguien más.

—Yo soy mi único cliente.

Maldonado echó la mano al bolsillo y sacó una de las fotografías en las que aparecía su hermana con DeWitt. Cuando el periodista fue a tomarla, este la retiró.

—Se mira, pero no se toca. Tengo más, muchas más. Pero necesito algo a cambio.

Gray se frotó la cara con la palma abierta. Tenía las sienes mojadas, y no era por el calor. El sudor le perlaba la frente. Algo se agitó en su interior, una mezcla de miedo, éxtasis y adrenalina.

—No soy su editor, señor...

—Detective Maldonado. Llámeme así.

—Como quiera, pero no reparto favores, detective. Soy un reportero.

—¿Quiere las fotos o no, Gray?

—No sabe en qué clase de avispero se está metiendo. Será mejor que vuelva por donde vino.

Maldonado se inclinó hacia él y le dijo con esa voz que se usa cuando uno está a punto de romperle la cara a alguien:

—Silvia murió por meterse en ese avispero. Y tú la dejaste sola, desgraciado.

Gray no dijo nada.

—Eso no es cierto.

—Sí, lo es. Leí la conversación de Skype. Lo tengo todo. Puedes ayudarme a que estos miserables paguen por lo que hacen, o puedes esperar a que den conmigo, me abran en canal y encuentren el ordenador de Silvia. Entonces, serás el siguiente.

—No suena esperanzador.

—No. Pero es lo que pasará si no me ayuda.

El silencio fue denso como alquitrán. Finalmente, suspiró.

—Está bien. Hablaremos, pero no aquí. Conozco un bar donde podemos entrar en detalles.

—Suena bien. Supongo que es una oferta que no puedo rechazar.

25

El bar se llamaba «The Anchor», un nombre que le venía perfecto: un pedazo del viejo Miami que se hundía entre torres de cristal y acero. Estaba encajado entre rascacielos corporativos, como una muela podrida en una sonrisa de anuncio. Afuera, nadie se fijaba en su fachada de ladrillo gastado.

No había música en directo. Solo un hilo de jazz que salía de unos altavoces rotos. El camarero era un tipo mayor, de pajarita torcida y mirada gastada, como si hubiera dejado de distinguir entre lunes y domingo. Era lo más parecido a un pub inglés, pero en su versión tropical. «Un lugar extraño, de los que me agradan».

El dueño del lugar saludó a Gray con un gesto imperceptible y les sirvió sin abrir la boca.

Se sentaron al fondo, en un rincón oscuro donde no llegaban ni los ojos, ni los micrófonos. Maldonado dejó el vaso de whisky sobre el posavasos, preguntándose cuánto tardaría todo en irse al carajo. Gray bebió primero. Largo. El destilado era un ancla que lo mantenía a flote.

—Su hermana tenía agallas —dijo al fin, sin rodeos—. De las que ya no se ven.

—Orgulloso de mi propia sangre.

—Debería estarlo... —añadió y luego suspiró—. Cuando apareció por mi oficina, traía una carpeta bajo el brazo y fuego en los ojos. Sabía que lo que tenía entre manos era dinamita.

«Y le explotó en las manos».

Maldonado no respondió. Lo miró en silencio, dejándole espacio. A veces, eso empuja más que una amenaza.

—Me entregó una memoria USB —continuó Gray, en voz más baja—. En ella había documentos internos, correos, balances manipulados, transferencias desde cuentas opacas. Todo apuntaba a ese contable, DeWitt. Lo llevaba siguiendo desde hacía tiempo.

—¿A causa de qué?

—Miami es un lugar complicado, con una tasa impositiva casi inexistente y un aeropuerto por el que entra gente de todo el mundo. Alguien tiene que mover los números con seguridad, sin dejar rastro. Y ese trabajo está cotizado.

Sin embargo, DeWitt no dejaba de ser un contable más, de los muchos que operan con dinero sucio, si no fuera porque detrás de él... estaba Sullivan.

—Otra vez ese tipo. ¿Tan fuerte es?

—Dar con él es como jugar al escondite. Empresas pantalla, contratos ficticios, terrenos públicos revendidos por el triple. Un festival de corrupción.

—¿Y fotos? —preguntó Maldonado, con la voz cortante.

Gray asintió.

—Sí. DeWitt en un yate, rodeado de champán, concejales y prostitutas que no pasaban de los dieciocho.

—Eso no es del todo ilegal, aunque me resulta familiar...

—Si no fuera porque en este país no pueden beber hasta los veintiuno.

—Buen punto.

—También un fiscal del condado. Riendo. Brindando. Una puñetera fiesta de impunidad. Y nadie se fue con las manos vacías.

Maldonado apretó los dientes.

—¿Todo eso lo consiguió mi hermana?

—Sí.

—¿A cambio de qué? Siempre hay una condición...

—Nunca me pidió nada, aunque debía de estar jodida.

—¿DeWitt?

—Puede ser.

—¿Qué hiciste con toda esa información?

—Lo que se supone que uno hace cuando todavía cree en el periodismo: escribir. Tenía un borrador listo para imprimir. Titular de primera plana. Iba a estallar como una bomba.

—Pero no estalló.

—No. Porque el USB desapareció.

—Así que desapareció el USB —dijo Maldonado, afilando la voz—. Y Silvia terminó muerta. Qué casualidad.

Gray se encogió de hombros.

—Una mañana llegué y el cajón estaba vacío. Sin marcas, sin forzar. Como si nunca hubiera estado allí. Al día siguiente, mi editor me llama y me dice que deje el asunto. Que no hay historia. Que olvide a Silvia Donovan.

—Presión.

—Del tipo elegante —dijo Gray—. Traje a medida, sonrisa blanca y una advertencia entre líneas... Por supuesto, más tarde me enteré de que había recibido un sobre con una bala y mi nombre escrito en el casquillo.

—Ya veo. No se andan con tonterías.

—Aquí todo el mundo come de la mano de Sullivan. Si no te compra, te entierra.

Maldonado apoyó la espalda en el asiento. Sentía una piedra en el pecho, un peso familiar que le recordaba a sus años en Homicidios en Madrid. No era miedo. Era la certeza fría de que la verdad costaba sangre, y esta vez sería la suya o la de otro.

—Silvia lo sabía. Y, aun así, fue hasta el final.

—Sabía en qué se metía, sí —murmuró Gray—. Lo que no entendió fue cuán profundo era el pozo. Aquí, los policías, los concejales, los fiscales... todos beben del mismo vaso.

—Como Broward.

—Así es. Y el vaso lo llena el mismo hijo de puta.

Maldonado lo miró con frialdad.

—¿Y usted, Gray?

—He tragado muchas cosas en esta ciudad. Pero no he escupido ninguna mentira. Eso es lo único que me queda.

—¿De qué mano come cuando cierra la puerta?

El reportero parpadeó. La vergüenza se le asomó en la comisura de los labios.

—Ya se lo he dicho... Intenté publicarlo. De verdad. Pero arriba tienen miedo. Mis jefes no quieren líos. Quieren vivir, y tampoco nos pagan tanto como para poner en jaque nuestro futuro. ¿Sabe lo que pasa cuando te enfrentas al pez gordo?

Maldonado esbozó una sonrisa que no tenía nada de amable.

—Sé lo que pasa cuando te cagas encima y decides dar un paso atrás... Que terminas igual que ese Broward, atrapado en su mierda, durmiendo con un ojo abierto y el alma hecha trizas.

El silencio se alargó como una cuenta atrás que nadie se atrevía a detener.

—Por eso sigo buscando —dijo el periodista, al fin—. A escondidas. En lo que me dejan. Artículos de relleno, presupuestos municipales, basura. Pero sigo. Porque si no lo hago... me hundo. Lo debo hacer por mí, por ella y por quienes se la han jugado alguna vez. De lo contrario, esto no tiene sentido.

Maldonado asintió. A su manera, ese hombre también estaba en guerra. Solo que disparaba con palabras y dormía con los puños apretados.

—Silvia me dejó el portátil donde guardaba parte de la información que menciona —dijo con calma—. Lo tengo. Entero.

El otro se quedó inmóvil, con la mano aferrada al vaso. Su mirada saltó nerviosamente hacia la puerta, luego a las ventanas, calculando distancias. Era la mirada de quien acaba de entender que todo puede saltar por los aires.

—En ese caso, está más que jodido, detective. Usted es un objetivo para ellos. Y no por lo que sabe, sino por lo que puede probar.

—No sería la primera vez que alguien quiere verme muerto. Pero me va a ayudar, ¿verdad?

Gray tragó whisky.

—Escuche bien. Si tiene algo sólido, yo lo publicaré. Pero tiene que ser irrefutable. Si no, me cortan las manos antes de que toque el teclado. Y a usted... lo encontrarán en una cuneta. Si no lo tiene claro, que Dios le acompañe.

—Cristalino.

—Entonces, vaya a por DeWitt y entrégueme el ordenador.

—Me han dicho que está en Naples.

—Le han informado bien. Tiene una casa frente al canal. Se esconde allí cuando huele la tormenta. Pero dese prisa. A estas alturas, por lo que me ha contado, si Sullivan aún no lo está buscando... es porque ya lo ha encontrado.

—Ya... —Maldonado se puso en pie y apuró el whisky de un trago. Luego miró a Gray por última vez—. Gracias por el trago. Y por no haberse vendido del todo. Aún.

Gray le estrechó la mano. Le temblaban los dedos.

—No me dé las gracias. Solo asegúrese de disparar al blanco correcto... Si esto explota, no quiero estar aquí. Cuando Sullivan quiera silenciarnos, no mandará a un matón. Mandará a un juez. Y eso, amigo, puede doler mucho más.

Maldonado se despidió del periodista y salió del pub para llamar a un taxi que lo llevara al motel. Cuando cruzó la puerta del Anchor, él ya no era solo un hermano, era juez, testigo y verdugo. Ahora tenía un nuevo objetivo, una certeza. Un nombre. Una dirección. Y un motivo.

Ahora, sí.

«Naples. DeWitt. Y esta vez, sin testigos».

26

Gray no le había contado nada que no sospechara. Pero ahora lo sabía. Y saber, en su oficio, era una sentencia.

Encendió un *light* y comenzó a caminar sin rumbo fijo, dejando que sus pasos lo llevaran por la ciudad que nunca dormía.

Pronto se encontró en Ocean Drive, la arteria palpitante de South Beach. Las fachadas art déco, iluminadas por neones vibrantes, se alineaban como centinelas de un pasado glamuroso. Los colores pastel de los edificios contrastaban con el cielo nocturno, creando una atmósfera casi irreal. El rosa y el verde lima se mezclaban como en una pesadilla tecnicolor. El aire estaba impregnado de salitre y música lejana, mientras grupos de turistas y locales se mezclaban en una danza interminable de risas y conversaciones. Al otro lado de la calle, el océano susurraba su eterna canción, indiferente al bullicio humano.

Maldonado observaba a la gente, con esa mirada de policía que nunca se pierde: dividiendo automáticamente a los transeúntes entre amenazas potenciales y víctimas inevitables.

Un viejo hábito de Madrid, que se había intensificado desde que aterrizó en Miami. Vio corredores nocturnos con auriculares, parejas tomadas de la mano, grupos de amigos disfrutando de la brisa marina. Sus dedos jugueteaban con el encendedor en el bolsillo, un tic nervioso que había desarrollado tras quince años desenfundando la pistola demasiado tarde.

Por primera vez en mucho tiempo, sintió que no saldría vivo. La misión que tenía por delante no era solo peligrosa; era una sentencia de muerte casi segura.

Pensó en Silvia, en su valentía y en cómo había pagado el precio definitivo por buscar la verdad. La idea de unirse a ella en la tumba le resultaba más tangible que nunca.

Pero rendirse no era una opción. No, después de lo que había descubierto. No, después de ver hasta dónde llegaban los tentáculos de la corrupción. DeWitt, en Naples, representaba la clave para desenmascarar a Sullivan y su red de impunidad. Y aunque el miedo le susurraba al oído, algo por dentro no lo dejaba frenar.

Decidió que necesitaba hablar con Carla, compartir con ella lo que había averiguado y, quizás, encontrar un atisbo de consuelo en su compañía. La llamó desde una cabina telefónica cercana y acordaron encontrarse en el «Big Pink» de 157 Collins Avenue, un restaurante de comida rápida donde nadie hace preguntas y todo lleva patatas fritas.

Al llegar, Maldonado la encontró sentada a una mesa cerca de la ventana, removiendo distraídamente una taza de café.

—¡Gracias por venir, Javier!

Maldonado se sentó frente a ella.

—Fuiste tú quien me llamó.

Carla dejó la cucharilla con un golpe seco.

—Es en serio. Tienes que irte. Ya.

Maldonado frunció el ceño.

—Escúchame un segundo —dijo, apoyando los codos sobre la mesa—. He hablado con Gray.

Carla negó con la cabeza, casi imperceptiblemente.

—No quiero saberlo.

—Sí, sí que quieres. Tienes que saberlo.

—No. No tengo que hacer nada —susurró, mirando por la ventana—. Lo que pasa es que tú no sabes parar.

—Silvia contactó con él —continuó Maldonado, ignorando la interrupción—. Le entregó un USB con documentos. Correos. Facturas. Fotografías.

Carla le dirigió una mirada rápida. Había algo parecido al miedo en sus ojos.

—¿Y qué? ¿Qué esperas? ¿Que salgamos ahora mismo a denunciarlo? ¿Tú y yo? ¿Contra quién, Javier?

—Contra Sullivan. Contra DeWitt. Sabemos que están ahí.

Ella apartó la vista de nuevo, apretando los labios.

—A veces pienso que quiero ayudarte. Otras veces, solo quiero que esto desaparezca. Pero nada desaparece, Javier. Ni tú, ni ellos, ni el miedo.

—Gray intentó publicar la historia y el USB desapareció. Desapareció, Carla. Y luego alguien le mandó una bala con su nombre.

—¡Por favor! No sigas.

Maldonado la contempló. No dijo nada por unos segundos. Luego siguió:

—Silvia encontró algo gordo. Y lo hizo sola. Sin que nadie la protegiera. ¿De veras crees que voy a dejar que esto quede así?

—Yo solo quiero que estés vivo —dijo, casi en un suspiro—. No eres de acero, Javier. Esto te va a tragar.

—No me importa.

—Pues a mí sí —espetó de pronto, bajando la voz de golpe—. Me importas, pero no puedo con esto. No quiero acabar como ella.

—No tienes por qué acabar como nadie. Solo quiero que sepas lo que he descubierto. Que sepas por qué voy a hacer lo que voy a hacer.

—No me lo cuentes —dijo, sin mirarlo—. Porque, si lo sé, me convierto en parte de ello. Y ya sé demasiado.

Maldonado guardó silencio. Observó cómo revolvía la bebida con la cucharilla, sin mirar la taza.

—Solo quiero justicia —dijo al fin, casi para sí.

Carla tragó saliva, luego se puso en pie sin mirarlo.

—Pues búscala tú. Yo ya tuve suficiente.

—¿Qué ha pasado?

Ella bajó la voz, mirando alrededor con cautela.

—Ayer alguien me llamó por mi nombre... y yo nunca se lo he dado a nadie. Además, he notado un coche negro siguiéndome. Tres días seguidos. Esta mañana, encontré las ruedas de mi coche pinchadas. Y mi buzón... alguien lo quemó por dentro.

En ese momento, un reflejo oscuro pasó por la ventana. Carla giró la cabeza apenas un segundo. No dijo nada. Pero dejó de hablar.

Maldonado apretó la mandíbula, sintiendo cómo la ira se mezclaba con la preocupación.

—Esto no es una película, Javier. No hay redención. Solo cadáveres.

Él asintió, recordando las palabras de Gray y las imágenes que había pintado sobre la corrupción en la ciudad.

—Silvia también pensaba que podía escapar. Ahora está bajo tierra.

Carla cerró los ojos, luchando contra las lágrimas que amenazaban con desbordarse.

—Te juro que intenté advertirla —su voz se rompió como un cristal aplastado—. Le dije que se mantuviera alejada. Pero ella... —Se encogió de hombros con una sonrisa triste—. Nadie escucha hasta que es demasiado tarde. Y para entonces, ya solo quedan flores en un cementerio.

Maldonado no dijo nada. Y eso fue más intenso que cualquier palabra.

—¡Vete, por favor! No me llames más. Olvida esto.

—No. Esto no se borra, Carla.

—No puedo. No voy a hacerlo.

—Ellos no se detuvieron. ¿Por qué debería hacerlo yo?

Carla se fue sin mirarlo, sin girarse, como si al irse apagara la única vela que quedaba encendida.

Él se quedó callado y solo miró la taza de brebaje. El vapor ya no subía.

Al salir, ella se dio cuenta de que había olvidado su paraguas dentro del local. No volvió a por él. Afuera, la lluvia arañaba el cristal.

La vio perderse entre los coches, los paraguas, los charcos.

Sacó del bolsillo la foto arrugada de Silvia. La había llevado consigo desde Madrid, la única en la que sonreía de verdad, antes de Miami, antes de DeWitt. Antes de que la ciudad la devorara.

«Siempre fuiste la valiente», pensó mientras pasaba el pulgar por el rostro congelado en el tiempo. «Y yo, el que llegaba tarde a todo». Esta vez sería diferente.

Se quedó sentado, con el café frío y el pecho ardiendo. A través del cristal empañado por la lluvia, el mundo parecía distorsionado. Pero había una cosa nítida en su mente: «DeWitt». El nombre brillaba en su cerebro como un tubo luminoso averiado, parpadeante e hipnótico, como los que había en la plaza de Callao de Madrid. Las palabras de Carla resonaban como un eco:

«Es en serio. Tienes que irte. Ya».

Pero Maldonado sabía que había cruzado esa línea invisible que separa a los vivos de los que ya están muertos y aún no lo saben. Y en ese limbo, solo cabía avanzar.

27

Sin camiseta y con media botella de bourbon en el cuerpo, él era una ruina sentada al borde de la cama. Una lámpara de techo parpadeaba con la misma constancia con la que le daba sorbos lentos a un vaso de destilado. Sin hielo. Sin prisa. Olía a sudor y a ceniza vieja. Si la resignación oliera a algo, sería eso.

El ventilador giraba sobre su cabeza. Poco a poco, sin quererlo, el sabueso se había acostumbrado a esas paredes. Tenía las piernas abiertas, los codos apoyados en los muslos, el vaso en una mano y, en la otra, una fotografía. S

e fijó en ella, una vez más.

Silvia sonreía, con DeWitt al fondo, en una terraza con vistas al mar. La misma fotografía que había encontrado junto a los documentos que demostraban el fraude de Sullivan Enterprises. La prueba de que DeWitt no solo había falsificado las cuentas del imperio criminal, sino que también había orquestado el accidente que mató a Silvia cuando ella descubrió la verdad.

Y no lo sabía, claro.

Pero esa prueba era el pacto con el diablo.

Y ya estaba firmado.

Los ojos del detective estaban vidriosos, pero no lloraba. Llorar es para cuando aún te queda esperanza. Lo suyo ya era otra cosa. Algo seco. Áspero.

La botella descansaba en la mesita, entre papeles revueltos y una caja de cerillas del antro de la noche anterior. Dio otro trago y el bourbon le devolvió el sabor ácido de los recuerdos: Silvia en Navidad, la última vez que la vio sonreír de verdad. Madrid y su cielo cortante de invierno. Berlanga, el inspector; la comisaría y sus numerosas tardes de restaurantes. Marla, su querida y admirada secretaria. Los juicios que nunca llegaron, las balas que siempre encontraban su destino.

No era momento de preguntarse cómo había llegado hasta ahí. Él lo sabía. El bourbon también, y por eso le ardía tanto. El alcohol no cura heridas; las escarba. Y esa noche, le estaba desenterrando cosas que debían quedarse bajo tierra.

Tres golpes secos en la puerta lo sacaron de sus pensamientos intrusivos.

Ni uno más.

Maldonado se quedó quieto un segundo. Luego se puso la camiseta a medias. Se acercó en silencio, apoyó el ojo contra la mirilla.

Nada.

Se apoyó contra la pared, contó hasta tres, liberó el seguro.

Cuando abrió la puerta, alguien entró con el cañón por delante.

Y entonces, el rostro de Manny Espino.

«¿Qué demonios...?»

Demasiado rápido. Demasiado cerca.

Un puñetazo directo a la cara.

El primer impacto llegó sin aviso. Un gancho seco que le torció el cuello y le llenó la boca de cobre. Maldonado se tambaleó, tropezó con la silla, y el mundo se partió en dos junto con la madera. El vaso estalló contra la pared. El whisky manchó la cortina y la alfombra. Tenía sabor a sangre y alcohol en la boca.

Manny entró como un tren sin frenos.

—¡Maldito español cabrón! —gritó, mientras Maldonado intentaba levantarse—. ¡Te dije que te largaras de Miami antes de que fuera tarde!

La respuesta fue un cabezazo.

Luego un puñetazo.

Otro.

Forcejearon como dos animales enjaulados.

Hombro contra pared. Codo contra costilla. La cama crujió bajo el peso de ambos. Maldonado lo empujó y rodaron. Un golpe seco contra la mesita. Manny intentó levantar el arma que se le había caído. El español fue más rápido.

Apuntó.

—Ni un paso más.

Sangraba por el labio. Tenía el ojo izquierdo medio cerrado. Pero sostenía la pistola con firmeza.

Manny jadeaba, con la cara hinchada y el orgullo por los suelos. Se llevó la mano al bolsillo trasero, con lentitud. Maldonado tensó el dedo en el gatillo.

—Tranquilo, detective.

El español le dio la vuelta al arma y le atizó con la culata en la cara.

Otro mamporro doloroso. Sonó un crujido y la sangre manchó la pared.

—Hijo de perra...

—Voy a matarte, cabronazo —sentenció y le encañonó el rostro—. ¿Qué haces aquí? Dame una razón para no pintar las paredes con tu sangre.

—¿Ves lo fácil que fue encontrarte? —escupió, con la respiración entrecortada—. Si yo lo hice, Sullivan también puede. Podría haberte volado los sesos mientras dormías.

Maldonado no respondió. Solo escupió sangre en el suelo, cerca de la bota del otro, del que no sabía que él no buscaba venganza. Solo buscaba redención. A veces, la justicia exigía sacrificios que ni el bourbon podía dulcificar.

Manny sacó un sobre arrugado del interior de la chaqueta y lo lanzó sobre la cama.

—Ahí lo tienes.

—¿Qué demonios es eso? ¿Dinero?

—No...

—¡Las putas manos donde las vea! Si es una trampa, te abro la cabeza como un melón.

—Naples. La dirección de DeWitt. Es lo que quieres, ¿no?

Maldonado no bajó el arma. Dirigió la vista al sobre, luego volvió a mirar al agresor.

—¿Y por qué regalarme su cabeza? ¿Qué gana un perro de Sullivan traicionando a su amo? —El detective mantenía el cañón firme, apuntando al centro de la frente del mafioso.

—Porque si tú caes, yo también —confesó y se encogió de hombros, con las manos en alto—. DeWitt tiene archivos sobre todos nosotros. El jefe lo sabe. Por eso lo quiere muerto. Si sale a la luz todo lo que ese contable sabe, media Miami acaba en bolsas de basura. Yo solo estoy adelantándome a la limpieza. Ese cerdo de DeWitt sabe cosas de mí que ni mi madre sabría. Si canta, me entierro con él.

Se hizo silencio.

Si Manny decía la verdad, la dirección era su pase a la venganza. Si mentía, sería su tumba. Pero ya no le quedaban más cartas que jugar.

Ambos respiraban como perros callejeros después de una paliza.

—Esto no es Madrid, detective —dijo Manny—. En Madrid te ponen flores. En Naples, ácido y una bolsa de plástico. Antes de apretar ese gatillo, elige bien tu cadáver.

Maldonado se limpió la boca con el antebrazo.

—Mejor. Así no haré gasto en flores.

Manny bajó las manos con cuidado y Maldonado hizo lo mismo con el arma, un segundo después.

El silencio volvió a instalarse. Parecía que habían llegado a una tregua.

Manny fue el primero en moverse. Caminó hacia la puerta. Se detuvo justo en el umbral.

—Te he dado lo que buscabas. ¿Vas a devolverme lo mío?
—Ni hablar.
—Ahora que tienes un arma... No me sigas. No me nombres. No me busques. No soy tu amigo, detective. Solo el tipo que no te mató hoy —dijo e hizo una pausa—. Pero, cuando le dispares a ese cerdo, piensa en mí. Aunque solo sea para apretar el gatillo más fuerte.

Y se fue. Sin mirar atrás.

Maldonado se quedó de pie en medio de la habitación. El sonido de la puerta cerrándose le pareció más definitivo que cualquier explosión.

Recogió el sobre de la cama.

Lo abrió.

Una dirección escrita a mano.

Gray le había indicado el mapa y ahora el mafioso le marcaba la equis. Era imposible perderse. El resto, corría por su cuenta.

«Calle sin número, canal sin nombre».

—Naples.

Miró la hoja un segundo más. Luego la dobló y la guardó en el bolsillo trasero.

Se acercó a la mesita, cogió el paquete de lights y se puso uno entre los labios. Lo encendió y aspiró. Luego exhaló y comenzó a relajarse.

Miró su reflejo en el espejo del armario.

Un ojo dolorido que pronto estaría morado. Un labio partido.

Un hombre sin viaje de vuelta a casa.

Apagó la lámpara y a

brió la puerta.

La lluvia lo recibió como a un viejo conocido.

Después de abrir el maletero, guardó el arma, el sobre, el portátil, y la bolsa de equipaje. Acto seguido, cerró con un clic sin hacer ruido y regresó al apartamento. Esa noche, dormiría con la certeza de que, al amanecer, solo uno regresaría: él o DeWitt.

«Naples. El infierno tiene código postal».

28

Martes.

Día 5.

El Departamento de Policía respiraba con los pulmones sucios de la ciudad. Las paredes amarillentas sudaban aire acondicionado viejo. La justicia, allí, no era un ideal.

El madrileño cruzó las puertas sin anunciarse. A sus casi cincuenta años, llevaba el peso de sus fracasos como una segunda piel: en las arrugas prematuras bajo los ojos, en la cicatriz que le partía la ceja izquierda, en la forma de caminar. Su chaqueta gastada de lino gris absorbía el sudor de agosto, pero su rostro permanecía seco, como si hubiera perdido la capacidad de mostrar debilidad ante el calor de Florida.

Nadie lo detuvo. Tampoco lo saludaron. Apenas sintió algunas miradas por encima del monitor. Cuchicheos contenidos. Algunos lo conocían de oídas. Otros lo habían oído nombrar en los bares donde los policías compartían los rumores. Casi nunca de forma amable.

Se detuvo frente al mostrador. El agente de turno ni lo miró.

—¿Broward? —preguntó, sin cordialidad.

—¿Tiene cita?

Maldonado apoyó las dos manos sobre el borde.

—No. Tengo prisa.

Sus ojos, del gris turbio, de un mar en tormenta, se clavaron en los del policía. Había algo en ellos que hacía que la gente desviara la mirada. El agente dudó. Un músculo en su mandíbula se tensó. Luego se encogió de hombros y llamó por radio, murmurando algo sobre «un visitante para Broward». Maldonado no esperó a que le dieran luz verde. Conocía el camino. Segunda puerta a la izquierda, oficina sin cartel. A través de las ventanas interiores se veían siluetas desdibujadas de policías, haciendo de héroes de oficina, rellenando informes que nadie leería.

Persiana cerrada. Silencio.

Tocó a la puerta. No obtuvo respuesta. Ni la esperaba, así que a

brió.

Broward estaba allí, sentado, con una taza de café en una mano y un cigarro apagado en la otra. Era la imagen del fracaso con placa. No levantó la vista. No hizo el amago de levantarse. Simplemente habló.

—Me dijeron que andabas suelto. Como una enfermedad que no termina de curarse.

El sabueso entró sin pedir permiso. Cerró la puerta tras de sí. Incluso sentado, la corpulencia del otro era evidente. Había sido un policía respetado; ahora era una mole de carne amargada con corbata sucia. Sus nudillos blancos alrededor de la taza delataban que contenía algo más fuerte que el café.

—Y tú sigues en esta cueva. Qué mundo más justo —dijo, sin emoción—. Te has acomodado bien, Broward. La mediocridad te sienta como un traje a medida.

En el escritorio, una montaña de informes cerrados con grapas. Un ventilador giraba lento en la esquina. Broward tenía la cara de quien hace el trabajo sólo porque no sabe hacer otra cosa.

—¿Qué querías, Maldonado?

El español apoyó las manos en el respaldo de la silla frente al escritorio, pero no se sentó. Nunca se sentaba en las oficinas de otros. Era una cuestión de principios: estar siempre listo para marcharse.

—Tengo nombres. Tengo pruebas. Me voy a por DeWitt. Si todo sale bien, Sullivan caerá.

La mención de Sullivan hizo que el policía levantara la vista por primera vez. Sus ojos inyectados en sangre se estrecharon.

—Estás jugando con fuego, español.

—El fuego es lo único que purifica esta ciudad.

El policía sonrió. Sin alegría. Más un gesto de mandíbula torcida que otra cosa. Una sonrisa que había visto demasiados cadáveres.

—¿Y qué esperas? ¿Un coro celestial o que alguien te cubra la espalda? Aquí no quedan santos.

Ahora, los dedos del americano jugaban con un bolígrafo. Lo giraba una y otra vez, como si fuera un amuleto contra la integridad.

Maldonado lo miró, evaluando cuánto dolería estrellarle la cabeza contra la ventana. Se imaginó el cristal rompiéndose, la sangre mezclándose con los fragmentos, la satisfacción momentánea que se evaporaría como todo lo demás.

—Quiero que no archiven el caso. Nada más. Un maldito margen de maniobra. Cuando saque lo que necesito de Naples, necesitaré un policía que no se esconda detrás de un informe sellado. Que no juegue a que esto nunca pasó.

Broward bebió de su café frío. Ni siquiera hizo una mueca. Estaba acostumbrado al mal sabor. En la boca y en la vida.

Por la ventana entraba la luz naranja del atardecer de Miami, tiñendo la oficina con el color de un incendio distante.

—No puedo prometer nada. Aquí los casos se cierran más rápido que las bocas. Y tú... —Hizo una pausa, evaluándolo—. Tú has hecho mucho ruido. Hay gente arriba que pronuncia tu nombre como si fuera una enfermedad.

—¡No estás escuchando, Broward! —Maldonado se inclinó hacia delante, invadiendo el espacio personal del detective—. No te estoy pidiendo que me sigas. Te estoy pidiendo que no me sabotees cuando traiga lo que tengo. Que no mires para otro lado. Como hiciste con Ramírez.

—Parece que no has entendido nada de lo que hemos hablado hasta ahora. ¿Quieres que lo detenga? ¿Para qué? ¿Para que mi familia reciba una caja de madera? No soy mártir, español.

—Solo te pido un poco de camaradería.

—Eres tú el que no quiere ver la realidad. El sistema funciona así. Si no colaboras, estorbas. Si molestas, desapareces.

Algo cruzó el rostro de Maldonado. Un espasmo de dolor antiguo.

—Te estoy entregando su cabeza y la posibilidad de saldar tus cuentas.

—¿Dónde están esas pruebas?

—Te las daré cuando llegue el momento.

—Ya.

—No quiero poner en peligro a terceras personas.

«Ni seré tan estúpido de dártelas sin que cumplas tu palabra».

—Lo siento. En ese caso, pierdes el tiempo aquí.

—Eres peor que ellos, Broward.

El otro alzó una ceja.

—¿Sí?

—Sí. Ellos, al menos, tienen un precio. Tú solo tienes miedo.

Broward tragó saliva. No dijo nada. Pero, por un instante, pareció a punto de pedir perdón. Sin embargo, dejó que la frase se evaporara sola. Luego habló, más bajo:

—Estás cavando tu tumba, detective. Y no voy a estar allí para darte la mano cuando te hundas. Nadie lo estará.

Maldonado ladeó la cabeza. Lo oteó como se contempla a un animal enfermo al que no vale la pena patear.

—No hace falta. Ya estoy bastante acostumbrado a escarbar sin ayuda.

—¿Sabes cómo terminan los tipos como tú? En fotos de archivo. Sin epitafio.

—Cuando encuentre a DeWitt —dijo, abriendo la puerta—, pediré que te pongan en la lista de agradecimientos. Debajo del todo. Donde nadie lee.

El americano sonrió. O eso parecía. Con los dientes tan amarillos, era difícil saberlo.

La luz del pasillo era más clara, pero no más limpia.

Antes de irse, se volvió hacia el policía novato que lo observaba desde el escritorio contiguo, un chico joven, con la mirada demasiado limpia para durar en ese lugar. Este lo observó como si acabara de ver al fantasma de lo que algún día sería.

Maldonado cerró la puerta sin mirar atrás. Aún no lo sabía, pero alguien ya había puesto en marcha el coche que lo seguiría.

En el aparcamiento, mientras encendía un *light*, el sol desaparecía lento, tragado por el cemento. Las sombras se alargaban, convirtiendo los coches en ataúdes de acero.

No contaba con ayuda. Solo esperaba que la bala llegara de frente.

Era mucho pedir.

El humo escapó entre sus labios, disipándose en el aire húmedo de la tarde. A lo lejos, una sirena aullaba, anunciando otra desgracia en el paraíso tropical.

Se subió al Chevrolet Malibu de alquiler y metió la llave.

La radio se encendió sola con «November Rain» de Guns N' Roses, que le recordaba a Madrid en los días de lluvia.

Madrid le había enseñado a disparar. Miami, a no esperar justicia. Ahora, quedaba apuntar bien.

La dejó sonar un rato más, a pesar de que él odiaba la lluvia.

Porque, cuando ya no te queda nada, lo único que importa es el disparo final.

29

Tenía la mirada de quien ya había cruzado la línea y sabía que no había regreso. La pistola que Manny le había dejado, una Beretta 92 marcada para que no pudieran rastrearla, aún con el tacto sudado del matón en la empuñadura, lo miraba. La envolvió en un trapo que olía a aceite de armas y la guardó en la guantera.

Antes de dejar la gran urbe, se detuvo.

El Javier Maldonado que había llegado a la ciudad, ya no estaba allí. El que salía ahora era otro hombre. Más flaco. Más duro. Más cerca del borde, donde la moral se diluye y solo queda el instinto primario. El Madrid que conocía, con sus calles empedradas y sus plazas luminosas, se desdibujaba en su memoria. Ni siquiera sabía si se acordarían de él.

La radio se encendió sola. Un canal mal sintonizado captaba fragmentos de realidad entre interferencias. Ruido blanco, como el que ahora ocupaba partes de su cerebro. Una voz lejana y metálica anunciaba la previsión atmosférica.

«Posibilidad de tormentas... visibilidad reducida... precaución en Alligator Alley...».

El detective no la cambió.

Conectó el GPS del teléfono comprado en la tienda de electrónica de aquel contacto de Carla y tecleó la dirección de Naples. Una línea recta apareció en pantalla, surcando Florida de este a oeste como una cicatriz mal cerrada.

Naples. 195 kilómetros.

Puso primera y salió del aparcamiento del motel cuando el cielo ya estaba encapotado. Gris sobre gris, sobre más gris. Era mediodía, pero parecía una hora que nadie quería nombrar. Ese momento entre el día y la noche donde las cosas no son lo que deberían ser. La luz equivocada para un mundo equivocado.

Tomó la 836 y luego enlazó con la Interestatal 75. Alligator Alley. Así la llamaban los locales. Nombre perfecto para una autopista que cruzaba marismas, humedad y silencios que tragaban cuerpos sin dejar rastro. Una franja de asfalto rodeada de naturaleza indómita, donde los caimanes esperaban pacientes el error de cualquier conductor despistado. Como los hombres de Sullivan esperaban sus errores.

Las líneas del asfalto se estiraban bajo las ruedas. Blancas, hipnóticas, cortando el paisaje en fragmentos. A los lados, el pantano se extendía sobre una amenaza verde y marrón. Vegetación rasposa que arañaba los bordes de la civilización. Árboles retorcidos y, más allá, invisibles, pero presentes, los caimanes. Ojos que brillaban cuando caía la tarde, mandíbulas que habían evolucionado durante millones de años para una sola función: cerrar, triturar, no soltar.

En el asiento del copiloto, la mochila permanecía cerrada, pero el detective la sentía como si su hermana Silvia viajara con él, susurrándole al oído que siguiera, que no se rindiera, que alguien tenía que pagar por lo que le habían hecho.

El cielo descargó una llovizna sucia de gotas grandes que impactaban contra el cristal. El limpiaparabrisas chilló dos veces con un gemido metálico, luego se rindió, dejando rastros que distorsionaban la visión.

Redujo la velocidad. No por precaución, sino por instinto.

Miró por el retrovisor. Un coche oscuro. Quizás un Crown Victoria, el favorito de policías y agentes federales. Pero en realidad podría ser cualquier cosa, se dijo. La lluvia y la distancia lo mantenían borroso. No muy cerca. No demasiado lejos. La separación perfecta para vigilar sin ser notado. O eso creían.

Sin luces largas. Sin señales.

Cambiaba de carril y el otro también. Con una precisión que no podía ser coincidencia.

El detective no aceleró. No todavía. El depósito estaba a la mitad y la próxima gasolinera quedaba a cuarenta kilómetros. Solo aferró el volante con más fuerza, hasta que los nudillos se le pusieron blancos.

«Si son de Sullivan, aún no han decidido matarme. Solo quieren saber adónde voy, con quién me reúno. Me dejarán llegar para ver qué saco de Naples. Si no lo son, mal asunto. Porque entonces son los otros. Los que ni siquiera sé quiénes son».

Le vino a la cabeza una imagen absurda, ajena a todo aquel horror. Silvia, con siete años, lanzándole cubitos de hielo a la cara en un cumpleaños en Madrid. Julio, un calor asfixiante. El salón de la humilde vivienda familiar. Ella con un vestido amarillo, él con una camisa blanca ya manchada de tarta. Se rio. Por un momento, no existió mundo más allá de aquel momento.

Esa risa inocente. Ese brillo en los ojos. Ese convencimiento de que la vida era algo más que supervivencia.

Ahora su hermana era un expediente más. Y él estaba allí, en el fin del mundo, persiguiendo una verdad que lo llevaría a reunirse con ella.

Frunció el ceño. El pequeño corte sobre su ojo izquierdo —recuerdo de Miami y de un encuentro desafortunado con dos matones de Sullivan— se tensó como una cremallera al cerrarse.

—Silvia se la jugó —murmuró—. Se metió en los libros de contabilidad de Sullivan Enterprises, encontró el desvío de treinta millones a cuentas en Panamá y lo pagó. Pero antes de que la silenciaran, dejó un rastro. Los números no mienten, y DeWitt era el único que podía haber autorizado esas transferencias. Si voy a morir, que sea revelando lo que esos hijos de puta intentaron enterrar con ella.

El coche detrás seguía ahí. Constante, como un cobrador imparable.

Maldonado tomó una decisión repentina. Pisó a fondo el acelerador y el Chevrolet rugió. El velocímetro saltó: 80, 90, 110.

El coche oscuro tardó dos segundos en reaccionar, pero luego aceleró también.

«Te tengo».

Levantó el pie del acelerador hasta volver a 70. El otro hizo lo mismo y entonces, al español no le quedó ninguna duda: no era una coincidencia. Lo estaban siguiendo.

Pasaron por delante de un cartel oxidado, con los bordes comidos por la humedad y el tiempo:

«Naples – 46 millas».

Un pueblo costero que en los folletos turísticos prometía El Paraíso en la costa oeste de Florida.

El viento se arremolinó entre los cipreses que crecían retorcidos a ambos lados de la carretera. Un buitre cruzó el cielo plomizo, dibujando círculos, paciente.

«Esperando», pensó. «Igual que todos».

El sol intentaba abrirse paso entre las nubes, pero no tenía fuerza. Solo conseguía crear un resplandor difuso, una claridad sucia que no iluminaba.

A lo lejos, vio una gasolinera abandonada. Un esqueleto de hormigón y metal con surtidores arrancados y un tejado parcialmente hundido.

Pensó en parar y esperarlos allí, escondido entre las ruinas, para ver quién lo seguía. Para darle la vuelta a la partida. No lo hizo. Había aprendido a escoger sus batallas. Y esta no era una que pudiera ganar sin la información que buscaba en Naples.

Continuó.

Cada kilómetro era una cuenta atrás.

Naples. Hoteles cinco estrellas y campos de golf.

La lluvia cesó de repente. El cielo se abrió al oeste con una franja naranja entre nubes oscuras. El sol se hundía tras las marismas, coloreando los charcos y la carretera mojada con una luz de incendio. Por un momento, todo el paisaje se tiñó de rojo y ámbar.

El coche oscuro seguía ahí. A la misma distancia.

«Paciencia». «Deja que crean que no los has visto».

Apretó el volante.

«Vamos a ver si ese contable aún respira... Si conocía a mi hermana como creo. Si es la llave o solo otro cerrojo. Y si no, al menos sabré quién se llevó el último aliento de Silvia. Y me lo cobraré con saña».

Giró el dial de la radio buscando algo que lo mantuviera despierto. Le gustaba el rock, aunque prefería el rock español porque podía entender las letras. Una guitarra distorsionada rompió el silencio: «Even Flow», de Pearl Jam. La reconoció al instante. Era la misma canción que sonaba en el coche cuando dejó a Silvia en el aeropuerto de Madrid, la última vez que la vio con vida.

El Chevrolet siguió avanzando, devorando asfalto mojado.

El otro coche también mantenía el ritmo.

Y entre ellos, la distancia precisa para un disparo certero. Para una persecución. Para una última confrontación entre cazador y presa, aunque ninguno supiera aún qué papel le tocaría interpretar cuando cayera el telón.

El infierno tenía nombre. Y ahora, los kilómetros contados.

30

Naples olía a césped recién cortado y a dinero viejo. Una mezcla bastante rara. Al menos, eso fue lo que sintió al bajar la ventanilla del coche y dejar que el aire llenase el interior de la carrocería. A su paso, observó casas sacadas de revista, carrocerías tan relucientes que herían la vista, calles demasiado limpias. Allí, hasta los mafiosos parecían ejecutivos de Wall Street.

Entró por la US-41. Su Chevrolet Malibu se sentía tan fuera de lugar entre los Lexus y BMW como él mismo. Redujo la velocidad, dejando que el motor rugiera. Observó las fachadas perfectas, los buzones pulcros, las palmeras podadas como soldados en formación. Todo tan artificial que dolía mirarlo.

En un parque, un grupo de jubilados multimillonarios jugaba al golf, con relojes que supuso que valían más que todo lo que él había ganado en su vida. Un poco más allá, niñas con tutús rosas y sonrisas de porcelana salían de una escuela de ballet privado. Sus madres las esperaban en todoterrenos enormes, con gafas de sol de diseñador ocultando miradas vacías.

El cielo comenzaba a enrojecer sobre los tejados perfectos de Naples, tiñendo de cobre los yates amarrados en el puerto deportivo y las cúpulas de los edificios coloniales. Incluso el atardecer parecía una postal diseñada por un decorador de interiores, reflexionó, mientras comprobaba que el sedán negro seguía manteniéndose a la misma distancia, como un tiburón oliendo sangre.

«Demonios... Te has metido en la boca del lobo. Esta vez no hay Berlanga que te saque de aquí», pensó, con una media sonrisa temerosa en los labios resecos.

Se desvió por una avenida secundaria, luego por otra más estrecha. Cuando localizó el cartel de Cheddar's Scratch Kitchen, giró sin intermitente, con un movimiento brusco. Los neumáticos chirriaron.

Aparcó en diagonal, ocupando dos plazas. Pequeños actos de rebeldía que en esos momentos eran necesarios. Salió del coche sin mirar atrás, pero con todos los sentidos alerta.

El restaurante estaba medio lleno. Luz tenue, ambiente templado. Era la hora de la cena para los estadounidenses y la de la merienda para cualquier español. Aun así, pensó que no le vendría mal comer algo.

Entró en el local y saludó a la chica que había en la entrada.

—Una persona —dijo.

Olía a fritanga y a salsa barbacoa dulzona. La música country sonaba a un volumen perfecto para no escuchar las conversaciones ajenas. Allí nada era casualidad.

La empleada le indicó la barra y él se sentó en un taburete, de espaldas a la pared, con la mirada hacia el aparcamiento y la puerta principal. Un viejo hábito de supervivencia.

—Un Chicken Tender Platter y una pinta de cerveza —pidió al camarero, un chico con sonrisa ensayada que lo miró de arriba abajo, desconcertado.

No tenía demasiada hambre. Solo necesitaba tiempo y una excusa para estar allí.

Desde su posición, vio pasar el Audi negro, reduciendo la velocidad frente al restaurante, pero sin detenerse. Bajó el mentón para ocultar su presencia. Primera ronda para él.

La cerveza atravesó su garganta. Estaba fresca y entraba muy bien. La saboreó mientras observaba a los comensales: parejas de mediana edad con conversaciones monosilábicas; un grupo de vendedores de bienes raíces con americanas azules y dos policías fuera de servicio, comiendo hamburguesas con patatas fritas. Todos con sus vidas ordenadas, como los actores de relleno en una película.

La comida llegó. Carne seca, salsa demasiado dulce, patatas excesivamente crujientes. Comenzaba a echar de menos la cocina española.

«Donde se ponga una buena entraña con pimientos de piquillo...», se dijo antes de dar el primer bocado.

Comió a desgana, matando el tiempo, impaciente por saber qué encontraría en la oficina de ese contable y qué tendría este que contarle. De una manera u otra, iba a sacarle la verdad, por las buenas o por las malas. Cuando pidió la cuenta, se levantó sin prisa y caminó hacia el baño. Cerró la puerta con el pestillo y apoyó ambas manos en el lavabo de porcelana fría.

El espejo le devolvió la imagen de un hombre en la cuerda floja.

Venganza. Justicia. Redención.

Esas fueron las tres palabras que se le cruzaron por la mente. Los tres venenos que lo mantenían en movimiento.

Justo cuando abrió el grifo, escuchó la puerta abrirse a sus espaldas. El seguro había fallado.

Una sombra entró. Pasos lentos. Medidos. Profesionales.

Maldonado tensó cada músculo. La pistola seguía en la guantera del vehículo, junto a la mochila y el expediente que podría costarle la vida.

«Te has despistado como un aficionado. Imperdonable».

Miró a su alrededor, evaluando las opciones. No había ventanas, ni nada con lo que defenderse. Solo baldosas blancas, un dispensador de jabón y la tapa del wáter como arma improvisada. Malo, pero no imposible.

Se giró de golpe, colocándose en posición defensiva, preparando su mejor gancho, cuando notó que estaba sobreactuando.

Un anciano de pelo blanco y traje impecable esperaba, apoyado en un bastón de madera pulida.

—¿Tardará mucho, caballero?

—No. Todo suyo —respondió, tragándose la adrenalina y el instinto de ataque.

El viejo asintió sin moverse del umbral. Sus ojos no se desprendieron de los del español.

Al pasar junto a él, Maldonado captó el olor: loción de afeitar cara y pólvora reciente. No era un jubilado cualquiera. Era un jubilado con mucho dinero.

Tras el susto, regresó a la barra y pagó la cuenta en efectivo, dejando unos billetes de propina bajo el vaso vacío.

«Nunca se sabe cuándo necesitarás a un camarero que te recuerde», se dijo y salió al aparcamiento. El aire húmedo de Naples le golpeó como una bofetada. Encendió un light y dio una larga calada.

La noche se había instalado mientras estaba en el restaurante. Naples brillaba a lo lejos como una constelación artificial de riqueza y poder.

Entonces, sacó el móvil y escribió un mensaje a Carla:

«Ya estoy en Naples. ¿Todo bien por ahí?»

Esperó treinta segundos.

«Nada. Mal asunto».

Guardó el teléfono y volvió al coche, comprobando los retrovisores y los bajos antes de subir. Viejo hábito que le había salvado la vida dos veces.

Introdujo las coordenadas del sobre en el GPS del móvil. La pantalla le indicó una dirección en un parque empresarial a diez minutos de allí.

«DW ACCOUNTING SERVICES».

El último paradero conocido de DeWitt, el contable que sabía demasiado sobre los negocios sucios de Sullivan

Enterprises. El hombre que podría proporcionar las pruebas que necesitaba para demostrar que la muerte de su hermana no había sido accidental.

Si es que seguía vivo.

Si es que alguna vez había estado dispuesto a hablar.

***

Condujo en silencio, con la radio apagada y todos los sentidos alerta. Naples desfilaba a su alrededor, más falso que un decorado de televisión: tiendas de bricolaje junto a boutiques de lujo, un club de campo iluminado como un crucero y un concesionario de vehículos exóticos, ahora vacío.

El GPS lo guio hasta un edificio de bloques grises. Fachada anodina, rótulos discretos, aparcamiento desierto. Un lugar diseñado para pasar desapercibido, para que nadie recordase haber estado allí.

Apagó el motor, pero dejó las llaves puestas. Esta vez, no podía marchar sin un Plan B, sin una salida rápida.

Y sí, se aseguró de llevar la pistola en la sobaquera. Comprobó el cargador: lleno. Quitó el seguro. No cometería el mismo error dos veces.

El edificio estaba en silencio. Las puertas de entrada parecían desbloqueadas.

«Mal augurio».

Entró con pasos silenciosos, manteniéndose cerca de la pared. Un pasillo corto, moqueta gris con manchas sospechosas. A la izquierda, una puerta con la placa "E. DeWitt, CPA". No se filtraba luz por debajo.

Apoyó la oreja en la madera. Silencio. O eso, o alguien estaba siendo muy cuidadoso.

Respiró hondo y giró el pomo.

La oficina apestaba a cerrado, a café olvidado y algo más... un olor dulzón familiar.

Lo primero que vio fue un montón de papeles desparramados por todas partes. Después, un ventilador de techo que giraba perezosamente, moviendo el aire viciado. La silla ejecutiva de DeWitt estaba vacía y el ordenador de su escritorio, apagado.

«Mierda...».

Avanzó con cautela, con la pistola lista. Tocó algunos documentos. Todo estaba en inglés: papeles fiscales, listados bancarios, nombres de empresas fantasma, sospechó. Pistas desperdigadas de un rompecabezas letal.

La silla rechinó cuando la giró. Buscó en los cajones. Vacíos, excepto por clips y un paquete de chicles.

Se agachó para revisar bajo el escritorio. Nada.

Fue entonces cuando vio las pequeñas gotas oscuras en la moqueta. Sangre seca.

DeWitt había estado allí. Y lo habían encontrado otros primero.

Se incorporó, frustrado, y se giró para marcharse.

Y entonces los vio.

Tres hombres bloqueaban la puerta. No eran los del Audi. Estos eran nuevos.

El primero era calvo, con una camiseta negra ajustada que le marcaba músculos cultivados en lo que, probablemente, había sido una prisión. El segundo tenía barba de tres días y los nudillos vendados, con manchas rosáceas en las gasas. El tercero vestía como un abogado corporativo, pero sus ojos eran fríos como los de un tiburón y su mano derecha descansaba con demasiada familiaridad sobre el bulto de una pistola bajo la americana.

El calvo fue el primero en hablar, arrastrando las palabras, con un acento de Brooklyn mal disimulado:

—¿Te has perdido, español? ¿O es que en Madrid ya no enseñan a llamar antes de entrar?

El detective no mostró sorpresa. Sus años en la brigada de homicidios le habían enseñado que mostrar emociones era un lujo que solo podían permitirse los suicidas.

El de los nudillos vendados sacó una pistola con silenciador, apuntando al pecho del detective, con la naturalidad de quien ha disparado muchas veces antes.

El del traje cerró la puerta tras de sí, con un clic que sonó a sentencia de muerte.

Maldonado levantó las manos a media altura, calibrando distancias, tiempos, opciones. Su mente trabajaba a toda velocidad mientras mantenía el rostro impasible.

Si abría fuego, lo coserían a balazos.

—Si me vais a matar, que sea rápido —dijo con voz neutra—. No me gusta dar discursos.

—¿Matarte? —El calvo sonrió, mostrando un diente de oro—. Aún no. Primero vas a decirnos qué sabes exactamente sobre DeWitt y los libros de Sullivan. Y a quién se lo has contado.

Por el rabillo del ojo, el español detectó movimiento. Alguien más estaba allí, oculto entre los tabiques de la oficina.

—Y si no lo hago, ¿qué? —preguntó, ganando segundos, buscando una salida que probablemente no existía.

El del silenciador dio un paso al frente.

—Entonces te vas a arrepentir de haber nacido, saco de mierda. Empezaremos con los dedos. Luego los ojos. Lo típico.

El ventilador seguía girando, contando segundos prestados.

La puerta estaba cerrada.

Las opciones, contadas.

Maldonado sintió la culata de la pistola.

Si la usaba, no podía fallar.

Uno.

Calculó la distancia con el que sostenía el arma. Los otros dos avanzaban hacia él, recortándole espacio para maniobrar.

—Levanta las manos.

Dos.

—Podemos llegar a un acuerdo...

—No vamos a negociar contigo.

Era un cadáver en pie. No le quedó otra opción que apostarlo todo a una jugada.

Tres.

Desenfundó la pistola y apuntó al hombre del silenciador. Sin embargo, no tuvo la suerte que esperaba.

El primer golpe le vino desde el costado, directo a las costillas. Algo crujió dentro de él.

El disparo se desvió y fue seco, casi silenciado por el ventilador.

Luego otro impacto, en la nuca. Un relámpago blanco de dolor.

Cayó al suelo, desarmado, sintiendo la moqueta húmeda contra la mejilla. El mundo se volvía borroso, pero él seguía consciente. Llevaba encima muchos años de entrenamiento y pura cabezonería. Antes de perder el sentido, solo pensó en Carla. Y en que no debía haber respondido ese mensaje.

Lo último que escuchó antes de hundirse en la oscuridad fue una voz masculina, grave, con acento distinto, aunque estadounidense. Una voz que pertenecía a alguien acostumbrado a dar órdenes.

—¡No lo matéis todavía! Sullivan quiere hablar con él primero.

El mundo se volvió rojo.

Después, negro.

Pero no era el final. Solo el principio del verdadero infierno.

31

Lo que sintió fue un malestar en ráfagas, como si algo le arrancara el alma a puñetazos. Abrió los ojos y una luz fluorescente, parpadeante y sin ritmo, lo cegó momentáneamente. Intentó moverse, pero sus músculos no respondieron; un mareo lo invadió, seguido de un punzante dolor en las costillas.

Intentó recordar cómo había llegado allí. La emboscada en la oficina de DeWitt, los matones de Sullivan. Luego... Luego nada. Oscuridad absoluta.

Se encontraba en un garaje abandonado: paredes de bloques grises, herramientas oxidadas colgadas sin orden y manchas oscuras en el suelo, que sugerían algo más siniestro que aceite.

Estaba sentado en una silla metálica incómoda, con las manos atadas a la espalda por unas bridas que le cortaban la circulación, y las piernas sujetas con cuerdas ásperas. La boca le sabía a sangre seca mezclada con bilis. Escupió al suelo, notando el sabor amargo.

De pronto, un sonido sordo anunció el movimiento. Alzó la cabeza a tiempo para recibir de lleno un cubo con agua sucia que impactó en su rostro. El agua, fría y viscosa, inundó sus fosas nasales y lo hizo toser violentamente.

—Despierta, detective. Tenemos mucho que hablar.

Reconoció de inmediato la voz: era el calvo del despacho, uno de los matones más brutales. El hombre se acercó lentamente, como si disfrutara la situación. Vestía una camiseta oscura ajustada, mostrando unos brazos tatuados y tenía una expresión de aburrimiento infinito en su rostro picado por el acné.

Maldonado trató de controlarse, respirando con dificultad.

—No sé qué coño queréis de mí.

—¡Vamos, detective! A estas alturas, los dos sabemos que nadie aparece por accidente en nuestro radar. No finjas ser más estúpido de lo que eres —le dijo, acercándole el rostro hasta quedar a centímetros del suyo—. Sullivan quiere las pruebas que encontraste. Los documentos, las fotos. Todo.

—No tengo nada. Habéis perdido el tiempo.

El matón le devolvió una sonrisa vacía.

—Eso está por verse.

Sin previo aviso, le soltó un puñetazo en plena mandíbula. La cabeza del español se echó violentamente hacia atrás. Sintió cómo la sangre volvía a llenar su boca.

—¡Oh! Mamonazo...

—¿Mejor ahora? —le preguntó el esbirro, tranquilo—. ¿Ya recuerdas dónde lo tienes?

El sabueso escupió al suelo, una mezcla roja y espesa.

—Ya te lo he dicho. No tengo nada aquí.

—Muy mal. Respuesta incorrecta.

El tipo le retorció el dedo meñique hasta que un crujido lo dejó sin aliento.

Un segundo hombre, corpulento, vestido con una camisa hawaiana y pantalones de lino, estaba apoyado contra la pared revisando su teléfono. Parecía más interesado en sus mensajes que en el interrogatorio. Sin levantar la vista de la pantalla, dijo en voz baja:

—Date prisa, Frank. Sullivan está impaciente.

Frank, el matón calvo, asintió y tomó el teléfono que el hombre le extendía. Marcó un número en altavoz y esperó. El timbre sonó dos veces antes de que una voz fría, metálica, llenara la habitación.

—¿Tenéis algo del español?

—Todavía no habla —respondió Frank, clavando su mirada en la presa—. Pero lo hará pronto.

La voz al otro lado suspiró, irritada.

—He esperado demasiado. Es hora de cerrar el expediente. Acabad con él de una vez.

—Recibido —respondió Frank y colgó sin más ceremonias.

Se hizo un silencio pesado en el garaje. Maldonado sabía que esa llamada había sellado su destino. Frank se acercó otra vez, dejando el teléfono sobre una mesa cercana.

—Lo siento, amigo. Parece que hoy es tu día de suerte. Vas a conocer a nuestros amigos del pantano.

El tercer matón, callado hasta ese momento, se incorporó del rincón donde estaba. Un hombre bajo y ancho, con un rostro lleno de cicatrices y una cojera pronunciada. Cada paso que daba producía un sonido metálico, como si llevara tornillos en lugar de huesos en la rodilla izquierda.

—¡Sujétalo bien! —le ordenó Frank—. Este cabrón es más duro de lo que parece.

El hombre asintió sin hablar. Maldonado sospechó en ese instante que el tipo había perdido la lengua en alguna pelea de prisión. O quizá alguien se la había cortado por hablar demasiado.

El detective luchó brevemente cuando le aflojó las cuerdas, pero fue solo para sujetarlo con más fuerza, con bridas nuevas. Después lo levantó de la silla con brutalidad y lo arrastró hacia afuera. La puerta del garaje se abrió con un chirrido oxidado. Afuera era noche cerrada, húmeda y pesada. El detective vio una furgoneta blanca esperándolos, con las puertas traseras abiertas, revelando un interior frío y sucio.

—Ya sabías cómo terminaba esto —dijo Frank, mientras el otro empujaba al prisionero al interior de la camioneta—. No deberías haber tocado los cojones equivocados.

Lo lanzaron dentro sin cuidado. Su cabeza chocó violentamente contra el suelo metálico y durante unos segundos, luchó contra la inconsciencia. Las puertas se cerraron con un golpe seco y la furgoneta arrancó inmediatamente, avanzando por un camino irregular, lleno de baches.

Desde el suelo del vehículo, luchó por mantener la lucidez. Cada bache era un dolor adicional que lo mantenía despierto. Escuchaba fragmentos de conversación desde la cabina delantera.

—¿Dónde, exactamente?

—En los Everglades. Sullivan dijo que no quiere ni huesos.

—Los caimanes hacen bien su trabajo. Nadie lo encontrará jamás.

Maldonado cerró los ojos. Pensó en Carla. En Marla. En Silvia. En lo que aún no había dicho. Y apretó los dientes. Pero, en ese momento, comprendió algo claro y definitivo: s

i moría esa noche, lo haría sabiendo que había llegado hasta el final por su hermana. No por dinero, ni por gloria. Por justicia. Aún quedaba algo dentro de él, un pequeño fuego que no podía apagar ni siquiera aquella situación desesperada.

El vehículo prosiguió su marcha hacia el corazón de los Everglades, conduciéndolo a un destino sombrío y plagado de amenazas invisibles. Un cementerio líquido donde los caimanes se encargarían de borrar su existencia. El vehículo se detuvo y el motor quedó callado. Solo se escuchaba el canto de los insectos y el murmullo del agua cercana.

Antes de perder nuevamente la conciencia, el español tuvo un último pensamiento, duro y áspero:

«Todavía no ha terminado. Aún no pienso rendirme».

Entonces, escuchó una última frase desde la cabina, pronunciada con indiferencia absoluta:

—Llegamos. Llevadlo a los caimanes.

El expolicía sintió cómo se hundía lentamente en la oscuridad, sabiendo que ese viaje había terminado y otro, mucho peor, estaba por comenzar.

El golpe en la nuca le llegó sin aviso. Un estallido detrás de los ojos.

Y entonces, lo engulló la oscuridad. No para dormir. Para devorarlo.

32

Miércoles.

Día 6.

Despertó con el barro tragándole el pecho. Un frío viscoso le apretaba el cuerpo hacia abajo, como una garra, hacia el corazón oscuro de la tierra.

Abrió los ojos. El barro negro le llegaba hasta el pecho. Con los brazos inmovilizados a la espalda, las bridas le cortaban en carne viva y las costillas palpitaban donde las botas de los matones habían bailado, horas antes.

Sintió una fuerte arcada. El aire apestaba a vegetación podrida y muerte lenta. Una luna cobarde se escondía tras nubes sucias, apenas iluminando la superficie aceitosa del agua. Los Everglades. El cementerio perfecto para un detective entrometido.

Intentó moverse, pero fue inútil. El barro succionó con más fuerza, tragándolo otros centímetros.

«Una trampa perfecta... Cuanto más luchas, más rápido te hundes».

«Piensa, cabrón, piensa», se ordenó, obligándose a respirar más despacio, controlando el impulso de entrar en pánico. En su mente luchaba por recordar cómo había llegado hasta allí, pero el dolor palpitante en su cabeza dificultaba el pensamiento claro. Las imágenes se alinearon como balas en un cargador: la oficina de DeWitt, los matones, golpes y patadas, la parte trasera de la furgoneta, la voz fría y metálica diciendo «Llevadlo a los caimanes...».

«¡Los caimanes!»

Sus ojos se adaptaron a la penumbra, escudriñando la superficie del agua. Las sombras se movían suavemente sobre el agua oscura, reflejando la luna que temblaba sobre la superficie.

Dos ojos amarillos flotaban sobre el agua. Puro pasado prehistórico. Pura muerte. Maldonado se quedó rígido, conteniendo la respiración. El corazón le latía desbocado contra las costillas heridas, cada latido era como un martillazo sordo resonando en sus oídos.

El caimán avanzó sin prisa, apenas perturbando el agua. No tenía ninguna razón para apresurarse. Su presa estaba servida, atrapada, incapaz de escapar. La muerte como debería ser: inevitable, eficiente, sin dramas. La forma de su cuerpo comenzó a revelarse lentamente a medida que se acercaba.

Quince metros. Diez metros.

Era grande, robusto, con una mandíbula que parecía hecha de piedra. Al contemplarlo, sintió una mezcla de fascinación y terror puro.

Luchó contra las bridas, desesperado, retorciéndose hasta sentir cómo el plástico le desgarraba la piel. Encontró el borde astillado de un tronco sumergido. Frotó las ataduras contra él, sintiendo cómo sus muñecas se convertían en carne rallada.

Siete metros. Cinco.

Una risa desesperada se formó en su garganta. De todos los finales posibles —una bala, una navaja, un salto desde un puente después de demasiadas copas—, acabar como comida de caimán en una ciénaga de Florida era el colmo de la ironía para un detective madrileño.

Tres metros.

Apretó los dientes hasta sentir cómo crujían. El plástico cedió con un chasquido seco. Sus brazos quedaron libres justo cuando los ojos amarillos se acercaban a velocidad de torpedo. El tiempo se comprimió. Las opciones se redujeron a una sola: actuar o morir.

El alivio fue fugaz. El caimán había reducido aún más la distancia. Maldonado sabía que no tenía tiempo que perder.

Buscó desesperadamente algo con qué defenderse. Su mano encontró una rama sumergida. La arrancó del barro con un tirón salvaje mientras el reptil abría sus fauces prehistóricas, mostrando hileras de dientes capaces de triturar huesos como si fueran galletas.

Le clavó la rama en el ojo derecho. Un rugido sacudió la charca. El caimán retrocedió, sacudiendo la cabeza. Sangre negra en la noche negra. Solo había ganado segundos.

Entonces miró hacia atrás. El terreno parecía menos profundo a unos pocos metros, donde un grupo de raíces de ciprés se elevaba del lodo formando un pequeño islote. Calculó sus posibilidades. Escasas, pero suficientes.

Se impulsó hacia ellas, luchando contra el abrazo mortal del pantano. Cada movimiento era agonía pura. Su cuerpo, una colección de heridas abiertas y músculos destrozados, protestaba con cada centímetro ganado. Sentía el barro que se resistía, tratando de mantenerlo atrapado, pero siguió adelante, ignorando el dolor lacerante que recorría todo su cuerpo.

El caimán, recuperado del ataque, embistió con furia. El detective sintió el desplazamiento del agua y la presión del ataque. Se lanzó hacia delante en el último segundo posible. Las mandíbulas se cerraron donde su pierna había estado una fracción de segundo antes, mordiendo solo barro y agua. Mientras avanzaba por las raíces, un pensamiento inesperado lo asaltó: no era solo supervivencia lo que lo impulsaba. Era miedo. No el miedo a morir —ese lo había asumido años atrás en muchos de los tiroteos que había sufrido como policía—, sino miedo a que Silvia quedara sin justicia. A que su historia terminara allí, con él devorado por un reptil en una ciénaga extranjera, mientras Sullivan brindaba con champán francés en su ático con vistas al mar.

«¿Te vas a Miami? ¿Estás de broma?», le había preguntado Marla en el Café Varela, antes de que tomara el vuelo. «A perseguir fantasmas», habría sido una buena respuesta, se dijo. Persiguiendo fantasmas. El de su hermana. Y quizás, también, el suyo propio. Cuando logró tocar la superficie, se desplomó sobre aquel islote precario, jadeando como un perro apaleado. La sangre le palpitaba en los oídos. El mundo giraba a su alrededor.

Allí logró erguirse por primera vez desde que había recuperado la conciencia.

Pero el caimán no se rindió. Comenzó a nadar en círculos, sigiloso, calculador. Sus ojos amarillos, aunque uno estaba herido, no perdían detalle. Sabía algo del que el humano también era consciente: ese refugio no duraría para siempre y el depredador tenía paciencia. Se alejó lentamente, retrocediendo en las sombras, esperando su oportunidad.

Maldonado aprovechó el respiro. Miró alrededor en busca de algo, cualquier cosa que pudiera usar para salir de aquel infierno. El pantano parecía extenderse infinitamente en todas direcciones, oscuro e indiferente. A unos veinte metros, parecía dar paso a tierra más firme. Veinte metros de infierno líquido entre él y una posibilidad de sobrevivir.

«¡Muévete o muere!», se dijo.

Se concentró en mantener la calma, evaluando ambas opciones.

Decidió que debía salir del agua inmediatamente, así que avanzó con cuidado por las raíces, usando cada pedazo sólido de madera y barro compactado para no hundirse nuevamente.

Avanzó por las raíces entrelazadas, un paso tras otro, calculando cada movimiento como un jugador de ajedrez en jaque. El reptil seguía su avance, paralelo a su ruta, esperando el momento preciso. Depredador y presa, encerrados en una danza tan vieja como la vida misma.

A mitad de camino, la madera cedió bajo su peso. Su pierna se hundió hasta la rodilla en agua negra cuando, de pronto, sintió un movimiento a su espalda. Se giró justo a tiempo para ver al caimán emergiendo a toda velocidad hacia él, con la boca abierta, mostrando los dientes en todo su esplendor mortal. Maldonado extrajo la pierna de un tirón brutal y golpeó con todas sus fuerzas. Con la rama que aún sostenía en la mano, golpeó la cabeza del animal justo antes del ataque. La rama encontró la cabeza del reptil con un impacto sordo. No para matarlo, que no era nada fácil, pero suficiente para desviar aquellas fauces mortales por unos centímetros.

Aprovechó ese instante para avanzar con desesperación. Cayó pesadamente sobre tierra más firme y rodó varias veces, alejándose del agua, hasta que su espalda golpeó contra el tronco de un árbol. Se quedó inmóvil, jadeando, con el corazón martilleando como un motor averiado.

No supo cuánto tiempo permaneció así. Minutos, segundos, quizá solo unos instantes. Cuando volvió a abrir los ojos, la luna brillaba más claramente en el cielo despejado. Lentamente, se incorporó sobre los codos, miró hacia atrás y vio al reptil deslizándose de vuelta hacia las profundidades del pantano. Había perdido interés en una presa que ya no estaba a su alcance. Los depredadores eficientes no desperdician energía.

Se puso lentamente de pie, con las piernas temblorosas y la respiración agitada. Estaba empapado en barro y sangre. Completamente exhausto, pero vivo.

«Contra todo pronóstico, jodidamente vivo».

Escupió un buche de sangre mientras evaluaba su situación. Se encontraba perdido en los Everglades, sin arma, sin teléfono, sin un maldito cigarrillo. El chiste más cruel del universo.

A lo lejos, el ronroneo de un motor rompió el silencio nocturno. Una luz parpadeó entre los árboles. Sospechó que Frank y sus esbirros debían de haber regresado para asegurarse de que el trabajo estuviera completo. Sullivan no toleraba los cabos sueltos, y un detective español empapado de lodo, pero respirando, era el cabo más suelto posible en su operación de blanqueo.

«No les des el gusto de encontrarte», pensó, mientras se arrastraba hacia la espesura, lejos de las luces y de las armas que seguramente vendrían con ellas.

Miró hacia el norte, donde el bosque parecía menos denso. La civilización debía estar en alguna parte, aunque fuera la versión retorcida de civilización que había encontrado en Naples. Calculó que, si alcanzaba la gasolinera que había visto en el camino de ida, sabría dónde estaba. Si no, moriría como un animal sin nombre.

No tenía agua, ni comida, ni brújula. Solo tenía la obstinación suicida que lo había mantenido con vida durante cuarenta y siete años. Eso, y una promesa grabada a fuego en su mente:

Sullivan pagaría por ello.

«No hoy, quizás no mañana, pero lo hará». Él se encargaría personalmente de ello.

La luna emergió finalmente entre las nubes, arrojando una luz plateada sobre la charca a sus espaldas. Un paisaje hermoso, mortal y completamente indiferente a los asuntos humanos.

Como la justicia, pensó. Hermosa, mortal e indiferente. Pero a diferencia de la justicia, él no sería indiferente. No cuando por fin pusiera sus manos en el cuello de ese cabrón.

«Todo empezó con una llamada en Madrid. Y terminará con un disparo en Naples».

Con ese pensamiento ardiendo como un tizón en su mente, se adentró en la oscuridad del bosque. A lo lejos, casi imperceptibles, titilaban las luces de la civilización. Allí, en algún lugar entre mansiones de mármol y oficinas con aire acondicionado, estaba Sullivan. Y también estaba Carla, que no había respondido a su último mensaje desde Miami.

33

El silencio a su alrededor era el que precede a un disparo en la nuca.

«¡Diablos! ¡Muévete, idiota!», se ordenó a sí mismo.

Finalmente, la maraña vegetal empezó a despejarse un poco. Maldonado salió a un claro cubierto de pastos altos y húmedos que se doblaban bajo la leve brisa nocturna. Al fondo se divisaba una línea oscura y recta: una carretera secundaria, sucia y descuidada, pero asfaltada. Un tajo de asfalto en medio del infierno. La promesa de que el mundo seguía existiendo.

Cayó de rodillas sobre el asfalto, sin fuerzas siquiera para levantarse inmediatamente.

«Un detective de rodillas es solo un mendigo con licencia caducada».

Apoyó las palmas de las manos contra la superficie rugosa y fría, respirando con dificultad. El asfalto estaba húmedo, desprendiendo un olor a lluvia reciente mezclado con el aroma dulzón de la gasolina vieja. Levantó la cabeza lentamente, mirando a ambos lados del camino vacío, iluminado débilmente por la luz amarillenta de la luna.

Tres intentos para ponerse en pie. Tres derrotas sin paliativos.

Finalmente, reuniendo los últimos restos de energía que aún le quedaban, logró incorporarse, tambaleándose como un boxeador noqueado que se niega a rendirse.

La realidad lo golpeó como un puño de hierro. No había conseguido las pruebas que incriminaran a Sullivan. Las fotos, los documentos, el portátil de Silvia... Todo perdido, seguramente destruido por los matones. Su cuerpo había resistido milagrosamente al pantano y al caimán, pero moralmente estaba destrozado, tan muerto como sus esperanzas. Todo su esfuerzo, todas las horas invertidas habían acabado en un derrumbe absoluto.

Un sabor áspero, mezcla de derrota e impotencia, llenó su garganta mientras caminaba lentamente por la carretera, arrastrando los pies. La brisa nocturna movía las hojas de los árboles cercanos, aliviando el malestar con el que cargaba.

Un cartel oxidado apareció en su camino:

«Everglades City – 5 millas».

«Cinco malditas millas... Podría haber sido la distancia a la luna».

Con cada paso que daba, su mente vagaba por recuerdos recientes.

«Esta vez te matarán, Javier».

¿Carla estaría bien? ¿Habría pagado ella el precio de su insistencia?, se preguntó.

Por primera vez en mucho tiempo, se sintió completamente solo. No tenía a quién recurrir, nadie en quien confiar. Sullivan tenía a la policía, los tribunales, el poder económico. Él no tenía absolutamente nada.

«¿Qué demonios has hecho, Javier?», susurró, mientras sus dedos rozaban instintivamente la cicatriz de la frente. Veinticuatro horas. Era todo lo que tenía antes de que Sullivan liberara de nuevo a los perros.

«Debiste hacerle caso a ese abogado y no salir nunca del país. Las cucarachas sobreviven porque saben cuándo esconderse... Pero ¿tú? Maldita sea... Nunca aprendiste esa lección... La última vez perdiste tu placa. Esta vez perderás la cabeza».

Continuó caminando, cada vez más despacio. El escozor aumentaba y cada acción requería un esfuerzo enorme. En ese momento vio dos puntos de luz en la distancia. Un coche. No supo si era esperanza o miedo lo que experimentó. En ese negocio, la ayuda y la muerte a veces llegaban en el mismo vehículo.

Se plantó en medio de la carretera, agitando los brazos. Si eran los hombres de Sullivan, mejor acabar de una vez. Si no, quizá tendría una última oportunidad para vengarse de ese desgraciado. El vehículo se acercaba despacio, con cautela, y finalmente se detuvo a unos pocos metros. Los faros delanteros lo cegaron momentáneamente, obligándolo a cubrirse los ojos con la mano.

Un hombre corpulento y de edad avanzada bajó del interior del Chevrolet. Llevaba un sombrero gastado y una camisa de cuadros manchada de grasa. Observó al detective con un toque de alarma y desconfianza, sin atreverse a acercarse demasiado.

—¿Está bien, amigo? —preguntó, manteniendo una distancia prudente.

El sabueso trató de sonreír, pero su cara era una máscara de barro seco y sangre.

—He tenido... una noche complicada —murmuró, intentando sonar menos desesperado de lo que realmente estaba—. Necesito llegar a un teléfono... a un lugar seguro. Y quizá un milagro, si le sobra alguno.

El hombre dudó un instante, examinándolo con cuidado antes de decidirse a actuar. Finalmente, asintió lentamente, haciendo un gesto para que subiera al coche.

—Suba. Lo llevaré a la estación de servicio. Tienen un teléfono y un botiquín. Y un café terrible.

Maldonado se desplomó en el asiento del copiloto, agradecido, notando cómo su cuerpo se hundía en la vieja tapicería desgastada. El coche avanzaba lentamente, dejando atrás el pantano donde había estado a punto de convertirse en otra estadística, otro caso sin resolver.

Una vieja canción de blues se deslizaba desde la radio como un lamento. El español cerró los ojos.

Había fracasado, tal vez.

Pero, en algún lugar profundo de su mente, una pequeña voz rebelde aún insistía:

«Todavía estás vivo. Mientras respires, Silvia aún tendrá su venganza».

El vehículo se dirigía hacia las luces distantes de la civilización. Unos kilómetros más allá, un letrero parpadeaba en rojo: GAS & COFFEE. El último rincón del mundo. Sullivan creía que todo había terminado, pero desconocía que lo peor aún estaba por empezar.

34

La puerta de la estación de servicio se abrió con un crujido. El detective apareció en el umbral como un espectro, empapado de lluvia. Tambaleándose, arrastró su cuerpo maltratado hacia el interior, dejando un rastro húmedo de agua y algo más oscuro que podía ser sangre. Un relámpago iluminó por un instante su rostro demacrado. Las marcas eran brutales, como si hubieran intentado borrarlo a golpes.

La estación parecía olvidada por el mundo, atrapada en una década que ya no importaba. Un neón viejo, con letras medio apagadas, anunciaba gasolina, café y hamburguesas.

Solo alguien sin salida acababa en un rincón olvidado por Dios.

Se desplomó en un rincón junto al mostrador, mientras miraba fijamente hacia la puerta, con ojos de animal acorralado. Las muñecas, vendadas con trapos improvisados, aún le escocían salvajemente. Lo habían atado como a un perro y soltado igual, por puro protocolo. La costilla fracturada le impedía respirar profundamente, manteniendo su aliento corto y superficial. El chico de la recepción pasaba las páginas de una revista como si leyera, pero estaba más cerca de rezar que de leer.

Pasaron cuarenta minutos hasta que escuchó el sonido de neumáticos crujiendo sobre la grava. Levantó la cabeza hacia la ventana, empañada por el vaho de su propio aliento febril. Dos pares de faros se acercaban desde las tinieblas. Reconoció los vehículos y sintió cómo lo invadía un alivio cauteloso. Era el Honda destartalado de Carla y un viejo Buick gris de los noventa, que conducía Edward Gray.

Los coches se detuvieron al borde del surtidor abandonado. El madrileño se puso en pie, sintiendo que sus rodillas temblaban por la fatiga acumulada. Vio a Carla salir apresurada del vehículo y correr hacia la puerta, con el rostro desencajado.

—¡Dios mío, Javier! —gritó, entrando y abalanzándose sobre él—. ¿Qué te han hecho?

Edward Gray entró detrás, sosteniendo un botiquín, con el rostro sombrío y preocupado. Miró alrededor con suspicacia, comprobando las esquinas oscuras del local.

—¡Por el amor de Dios! Te lo advertimos... Pero me alegra verte vivo —murmuró el reportero, con voz ronca y aliviada—. Cuando no respondías, pensamos lo peor.

El expolicía intentó sonreír, pero solo logró una mueca dolorida.

—Estuvieron cerca de lograrlo.

Carla se arrodilló junto a él, revisando cuidadosamente sus heridas. Él notó sus manos cálidas y delicadas, limpiando los cortes en sus muñecas. Unas manos que alguna vez habían tocado cosas más finas y ahora limpiaban sangre en una estación de servicio. La vida tenía un sentido del humor retorcido, se dijo el sabueso. Sintió que algo dentro de él se relajaba un poco, a pesar del dolor.

Cuando lo miró a los ojos, ella supo que el hombre que había entrado en Miami no era el que tenía delante.

—Esto está infectado —le susurró, preocupada—. Necesitas antibióticos cuanto antes.

—¿También eres médico?

—Eso tendrá que esperar —intervino Gray con firmeza.

—¿Sabéis quién me hizo esto?

—Por supuesto.

—¿Alguna noticia de Broward o Manny?

Gray negó con la cabeza, sentándose frente a él en un taburete tambaleante.

—Broward desapareció justo después de tu visita. Nadie ha vuelto a verlo por comisaría. Y Manny... es como si la tierra se lo hubiera tragado.

Maldonado suspiró profundamente, cerrando los ojos un instante.

—No sé qué esperaba. Supongo que ya no quedan cartas en nuestra mano.

Gray se inclinó hacia delante, respirando hondo antes de hablar.

—Tengo algo peor, Javier. Algo importante que decirte. Han encontrado a DeWitt, hoy.

«Mierda».

Gray tenía una expresión que anticipaba malas noticias.

—Lo encontraron en un motel de carretera cerca de Golden Gate —dijo el periodista con voz grave—. Muerto. Sobredosis aparente, según la policía.

—No me fastidies. ¿Sobredosis de qué?

Un silencio pesado se instaló entre ellos. Maldonado sintió cómo la esperanza que había logrado mantener se evaporaba instantáneamente, dejándolo vacío y desorientado.

—¿Sobredosis? Vamos, joder. DeWitt no se metía ni un ibuprofeno sin declararlo en la renta. Eso fue una limpieza, y bien hecha. Vi la sangre reseca en la moqueta de su despacho. Sullivan lo silenció. Como a Silvia. Y a nosotros nos ha dejado con las manos vacías.

Carla terminó de vendarle las muñecas y levantó los ojos hacia él con tristeza.

—Lo siento muchísimo, Javier. Sé cuánto significaba DeWitt para ti. Para vengar a tu hermana. Para este caso.

—Ya no queda caso, ni venganza, Carla —dijo él con amargura—. Debí hacerte caso desde el principio. Esto ha sido un error fatal.

Gray negó con la cabeza, tratando de consolarlo.

—No del todo. Aún estamos nosotros. Aún estás tú. Aún está la policía.

El detective lo miró con ojos cansados, agradeciendo la intención, pero incapaz de creérsela en ese momento.

Hacía tiempo que desconfiaba de la justicia policial, mucho antes de pisar esa maldita ciudad.

—¿Y qué podemos hacer ahora, listillo? No hay pruebas, no hay testigos. Lo único que tengo es una historia que nadie quiere oír y un cadáver más en el camino.

El periodista se quedó callado. El detective clavó la mirada en la oscuridad que acechaba tras las ventanas sucias, como si Sullivan pudiera materializarse en cualquier momento.

Carla le apretó el brazo.

—Javier, encontraremos otra manera.

—Me han echado a los cocodrilos —espetó, con rabia desplazando al dolor—. Y ahora quieres que vuelva a zambullirme.

—Son caimanes... —corrigió Gray.

El español golpeó la mesa con el puño. La taza de café saltó, derramando líquido negro.

—¡Al carajo la zoología! Sullivan no solo mata. Destruye vidas. La de Silvia. La mía. Y la vuestra, si seguís conmigo.

El silencio volvió a instalarse entre ellos.

Finalmente, Carla recogió el botiquín y los restos de vendas, guardando todo con cuidado, mientras Gray vigilaba la puerta. Maldonado la observó trabajar en silencio, sabiendo que no merecía aquella fidelidad.

Entonces, ella levantó la cabeza bruscamente, con un pensamiento repentino iluminando su rostro.

—Edward, cuéntale lo que encontraste en el portátil de Silvia.

Gray la miró con curiosidad. El detective arqueó una ceja.

—Habla, rápido. No sé cuánto tiempo aguantaré despierto.

—Está bien, está bien... Revisé la bandeja de correo no deseado, los mensajes rechazados, los descartados automáticamente... Pensé que quizá podría haber algo que se me pasó por alto.

Por un segundo, al detective se le aflojó el estómago. No sabía si era ilusión o hambre de revancha.

—¿Y? Maldita sea, ve al grano —dijo, con voz apagada—. Dame algo, lo que sea. Ya sabré qué hacer con ello.

Gray miró al chico del mostrador.

—Este lugar no es seguro.

—¿Cuál lo es?

—Detective, hay algo más —dijo el periodista, sin mirarla—. Silvia dejó un mensaje. Alguien de este entorno estuvo en contacto con Sullivan.

—¿Quién, Edward?

Gray dudó. Carla lo miraba, pálida.

—Alguien muy cercano a Silvia. Alguien de confianza.

La mujer dejó de moverse. El silencio cayó como un cuchillo. Maldonado no dijo nada. No hacía falta.

—¿Qué vas a hacer? —preguntó Carla.

—Aún no lo sé.

—Debemos regresar a Miami, Javier —insistió ella—. Edward, llévanos a tu apartamento. Revisaremos todo, una vez más.

Gray asintió con seriedad y se puso de pie.

El sabueso se incorporó con esfuerzo, apoyándose en el hombro de la camarera.

—Al diablo. Haré lo que digáis.

Ella lo sostuvo firmemente mientras caminaban hacia el Honda.

Antes de salir, él se detuvo un momento y miró al chico de la estación de servicio, que los observaba con una mezcla de alivio por verlos partir y miedo por lo que había presenciado.

—Olvida que hemos estado aquí, ¿vale?

El aire del exterior los golpeó en la cara como una toalla mojada. El detective consiguió subir al coche, con dificultad. En el asiento trasero, se aferró a una verdad solitaria: si su hermana había dejado una pista, todavía había una puerta sin cerrar. Y no pensaba irse sin patearla.

35

Solo dos objetos tenían vida en el apartamento de Edward Gray: la lámpara del escritorio y el monitor azul que iluminaba su rostro demacrado. El resto era un museo del abandono. Maldonado, aún dolorido y cubierto con una manta, permanecía sentado en un sofá desvencijado, observando en silencio cómo Gray tecleaba en el ordenador. Carla se encontraba a su lado, con una taza de café frío entre las manos, la mirada fija en la pantalla.

El tecleo de Gray era lo único que se oía, marcando el tiempo en la habitación como un metrónomo nervioso. Llevaba más de media hora revisando cada rincón digital que pudiera haber pasado por alto. Sus dedos se movían frenéticamente, tratando de extraer algún dato perdido que les devolviera un hilo de esperanza.

Nada en enviados. Nada en borradores. Gray golpeó el teclado, frustrado.

Carla dejó escapar un suspiro largo, agotada.

—Revisa de nuevo la papelera o... No sé, Edward, quizá alguna copia de seguridad.

Gray negó, pero luego se detuvo en seco, frunciendo el ceño, como si una idea hubiera pasado fugaz por su mente. Sus dedos quedaron suspendidos sobre el teclado, pensativos.

—¿Qué ocurre? —preguntó Maldonado, observando la pausa del periodista con renovado interés.

—Quizá no revisé... —murmuró Gray, con los ojos brillantes por una repentina esperanza—. Maldición, quizá no miré en el lugar correcto.

El periodista hizo clic varias veces, cambiando de pantalla hasta detenerse en la bandeja de correo basura del correo electrónico. La carpeta se abrió: promesas de herencias africanas, píldoras milagrosas, fraudes.

Y algo más.

Maldonado se inclinó hacia delante, ignorando el dolor que ese movimiento le provocaba en las costillas.

—¿Spam? —preguntó con cautela.

—Sí, Maldonado. La bandeja de correo basura. A veces, mensajes importantes acaban ahí por accidente.

—Si yo fuera tú, también revisaría los mensajes que no enviaste.

Gray comenzó a revisar la lista rápidamente, descartando correos sobre medicinas falsas, herencias de príncipes nigerianos y ofertas absurdas. Entonces, sus ojos se detuvieron bruscamente en un remitente conocido. Tragó saliva, mirando a Maldonado en silencio.

—¿Qué pasa? ¿Encontraste algo? —inquirió Carla con urgencia, notando el cambio repentino en la expresión del periodista.

—Es de Silvia.

Tres palabras. Un disparo en medio del pecho.

—Lo envió pocas horas antes de morir. Nunca lo vi hasta ahora.

Maldonado sintió que el pulso se le aceleraba violentamente, mientras un escalofrío le recorría la espalda. Sus ojos buscaron rápidamente la pantalla.

—Ábrelo.

Gray hizo clic sobre el correo. Los tres se acercaron al monitor, leyendo atentamente cada palabra escrita con prisa y nerviosismo por Silvia:

Edward,

No sé si recibirás esto a tiempo o si lo recibirás alguna vez, pero necesito que alguien lo sepa todo antes de que sea demasiado tarde. Sullivan sabe que estoy investigándolo. Me llamó por teléfono directamente, mencionó mi nombre completo, dirección, incluso detalles personales que solo alguien muy cercano podría conocer. Habló de mi hermano Javier en Madrid, sabía todo sobre él. Tengo miedo. He guardado copias de los documentos y las fotos, pero no sé si lograré entregártelas.

Tengo la impresión de que Sullivan tiene a gente dentro de la policía ayudándole. Especialmente sospecho de Manny Espino; actúa como si estuviera de nuestro lado, pero hay algo en él que no encaja. También sospecho del detective Broward; su forma de actuar ha cambiado últimamente. Ten mucho cuidado con ellos.

Si algo me ocurre, por favor, encuentra a Javier. Dile que nunca dudé de él, dile que siempre confié en que haría lo correcto. Dile que no se culpe, que él no podría haber evitado nada de esto. Confío en que hará justicia por mí.

Cuídate, Edward. Y gracias por todo.

Silvia.

El silencio que siguió fue agobiante. Maldonado se mantuvo inmóvil, con los ojos fijos en la pantalla, sintiendo cómo cada palabra lo golpeaba directamente en el pecho.

Carla dejó la taza en la mesa, con una expresión de conmoción absoluta.

—Dios mío… —susurró, con la voz quebrada por la emoción—. Ella sabía lo que iba a pasar…

Gray asintió con solemnidad, conmovido por el mensaje. Maldonado permanecía en silencio, absorbiendo el impacto emocional de aquellas palabras escritas desde el pasado.

—Ella intentó advertirnos —dijo finalmente Maldonado, con voz baja y llena de culpa—. Y no la escuché. No pude protegerla.

Carla apoyó una mano sobre su brazo, apretándolo con suavidad.

—No fue culpa tuya, Javier. Sullivan es quien hizo esto, no tú.

—No la protegí. Tenía que haber estado allí, haber visto antes lo que ocurría.

Edward Gray levantó la vista de la pantalla, observando a Maldonado.

—Ahora sabemos la verdad. Tenemos la confirmación. Sullivan amenazó a Silvia directamente. Al fin tenemos algo sólido.

Maldonado se puso en pie con esfuerzo, acercándose a la ventana. Observó la calle vacía y oscura que se extendía bajo el apartamento. Sintió cómo la rabia y la culpa se mezclaban en su interior, formando una determinación implacable.

—No puedo abandonar —dijo con una voz que ya no reconocía como suya. Era la voz de un hombre que había cruzado un límite.

Carla se acercó. El perfume suave de su cabello desplazó momentáneamente el olor a miedo que impregnaba el apartamento.

—¿Qué vas a hacer ahora? —preguntó, estudiando la calle oscura a través del reflejo en el cristal, como si los hombres de Sullivan pudieran aparecer en cualquier instante.

Maldonado apretó el puño contra el vidrio frío.

—Sullivan pensó que la mataba... y lo que consiguió, fue desatarme. —Sus ojos encontraron los de Carla en el reflejo—. Ella creyó en mí. Ahora me toca hacer lo mismo.

Un coche pasó lentamente por la calle.

Gray observaba la escena con expresión seria, consciente de lo peligroso que sería todo aquello.

—Sabes que Sullivan controla casi toda la ciudad. Esto será casi imposible.

Maldonado se volvió y clavó los ojos en él.

—Ya no me importa. Tengo que hacerlo. Por Silvia, por justicia. Y por mí mismo.

La mujer se tensó un instante, apenas perceptible, pero él lo notó. La decisión estaba tomada. Edward Gray se puso lentamente en pie, cerrando la tapa del portátil con un gesto decidido.

—Entonces estaré contigo hasta el final, Maldonado. Si vas contra Sullivan, no lo harás solo.

Maldonado asintió, agradeciendo la lealtad del periodista. Luego, observó una última vez la ventana, contemplando el amanecer que empezaba lentamente a disipar las sombras de la ciudad. Sabía que se encontraba frente a una batalla definitiva, quizá la más peligrosa de toda su vida.

Pero ya no sentía miedo.

Solo una osadía absoluta, impulsada por las palabras finales de su hermana desde el pasado, retumbando en su mente:

«Dile que nunca dudé de él. Dile que sé que hará justicia por mí».

Y eso era exactamente lo que iba a hacer.

La ciudad despertaba, indiferente.

Pero él no.

Él ya estaba despierto.

Y listo para cazar.

36

Jueves.

Día 7.

A esa hora, Miami parecía una postal tropical. Mientras la ciudad encendía sus luces, Maldonado apagaba las suyas. El cuerpo, una ruina. El ánimo, peor.

En la pequeña mesa junto a él descansaban fotos desordenadas, recortes inútiles y papeles garabateados. Todo lo acumulado tras semanas de investigaciones y riesgos inútiles, ahora estaba esparcido como cenizas tras un incendio. Le dolía respirar. No por las costillas. Por lo otro. Lo que ni el destilado irlandés lograba apagar.

Detrás de él, la puerta del apartamento se abrió suavemente y Carla entró, trayendo consigo una taza de té que dejó cuidadosamente sobre la mesa. Sin decir palabra, se sentó frente a él, observándolo en silencio, con los ojos llenos de compasión.

—Deberías beber algo caliente —dijo con suavidad.

—No necesito té, Carla. Necesito respuestas. Pero me vendría bien un whisky. O algo con poso.

Ella suspiró, mordiéndose la lengua, como si decir algo más la fuera a romper también.

—Nada de alcohol. Ya has hecho suficiente. Nadie puede reprocharte nada. No puedes cargar con esto tú solo.

Él levantó la mirada lentamente, encontrándose con sus ojos preocupados.

—¿Qué he conseguido? Nada. Sullivan sigue ahí fuera, y yo no tengo una sola prueba sólida para acusarlo.

La frustración vibraba en sus palabras, cortando como un cuchillo invisible el aire cargado de emociones reprimidas. La mujer negó con la cabeza.

—No fue tu culpa, Javier. Has arriesgado todo por esto. Casi mueres... ¿Cuánto más quieres sacrificar?

—Lo que haga falta —respondió él con amargura—. Aunque ahora ya no me queda nada. DeWitt está muerto, las pruebas, destruidas. El mafioso ha ganado.

—¿Eso crees? —replicó ella.

—Lo que queda de mí lo cree. El resto ya no está disponible.

Ella tomó su mano, tratando de darle algo de consuelo físico.

—Tal vez es hora de aceptar que no puedes solucionarlo todo. Vuelve a Madrid. Llega vivo, aunque sea sin gloria. Eso ya sería una victoria.

—¿Y qué hago allí? ¿Contar mi fracaso por fascículos en un bar de Chamberí? —Cerró los ojos con fuerza, intentando ignorar el aguijón doloroso de esas palabras—. Si vuelvo ahora, es con las manos vacías, mujer. Sin nada que llevarle a mi hermana.

La mujer permaneció callada unos instantes, dejando que esas palabras resonaran en la habitación. Finalmente, apretó suavemente su mano.

—Tal vez lo único que importa es que estés vivo. Silvia no habría querido ver cómo te destruyes así.

Maldonado se mostró agotado. Las fuerzas le abandonaban rápidamente, y por primera vez desde su llegada a Miami, la idea de rendirse parecía la única salida razonable. Cuando cerró los ojos, no pensó en justicia. Pensó en el vuelo de regreso. Y en lo mucho que se le iba a atragantar.

***

A la mañana siguiente, despertó temprano, convencido de que había llegado el momento de preparar su regreso a Madrid. Mientras guardaba lentamente su ropa en una maleta desgastada, alguien llamó bruscamente a la puerta del apartamento.

Edward Gray abrió, dejando entrar a un chico joven y nervioso, vestido con ropa informal y gafas oscuras. El chico echó un vistazo rápido alrededor, hasta detenerse frente al detective.

—¿Javier Maldonado?

Este asintió, mirándolo con cautela.

—Tengo algo para usted. De parte del detective Broward —dijo el joven, sacando del bolsillo de su chaqueta un sobre marrón que extendió con rapidez—. Dijo que era urgente. Que lo leyera en privado.

El chico se esfumó sin mirar atrás. Y la tensión quedó colgando en el aire. El expolicía miró el sobre durante unos segundos antes de romperlo con cuidado. Carla y Edward lo observaban, esperando descubrir qué había dentro.

En el interior encontró varias hojas fotocopiadas de documentos bancarios y un puñado de papeles mecanografiados. Examinó rápidamente los datos, mientras los otros se acercaban para verlos mejor.

Eran registros de transferencias, cantidades, fechas... Nombres familiares resaltados en tinta roja. Empresarios, políticos, figuras públicas importantes de Miami. Y entre ellos, subrayado con firmeza, el nombre Manny Espino, recibiendo pagos regulares y sospechosos de empresas fantasma que el sabueso ya conocía demasiado bien.

—Lo sabía.

—¿Qué demonios es todo esto? —preguntó Gray, desconcertado.

Maldonado siguió revisando hasta que encontró una pequeña nota manuscrita, con letra irregular pero inconfundible: era la caligrafía de Broward.

Maldonado:

Si recibes esto, es porque aún sigo vivo y porque todavía queda una esperanza. DeWitt no era la única fuente. Estas transferencias, estos nombres... son reales. Sullivan tiene las manos manchadas y sus aliados están en todas partes. Manny es uno de ellos.

No puedo ayudarte más. Mi posición es demasiado peligrosa. Pero esto debería bastar para que des un último golpe. Tu hermana merece justicia. Tú también.

Lo siento por no haber actuado antes. Lo hice tarde, porque tuve miedo. Porque me pagaron también. Porque ya no podía más. Y sí, porque te mentí.

El detective no sabía si reír o gritar.

«Eso también lo sabía, cerdo... cobarde...»

Lo único claro era que ya no quería subirse a ese avión. Gray le quitó delicadamente los documentos de las manos y los estudió con atención.

—Esto es muy gordo, Javier. Aquí hay evidencia suficiente para reabrir el caso. Esto podría llevar a Sullivan directamente a prisión.

Maldonado se sentó lentamente, intentando procesar el torbellino de emociones que lo invadía.

—Echa el freno, reportero...

—¿Pero Manny...? —murmuró la camarera, sorprendida—. ¿Está implicado directamente?

—Desde el principio —respondió con voz firme—. Lo supe en cuanto me dio el arma para que me deshiciera de DeWitt... Sullivan lo tuvo a sueldo todo este tiempo, fingiendo ayudarnos mientras jugaba para ambos lados. Probablemente, fue quien reveló nuestra investigación.

—Lo de Manny... no me lo esperaba. Aunque, en el fondo, algo olía mal.

—¿Sorprendida? Siempre he sabido que te guardabas algo, princesa —comentó el detective y le guiñó un ojo. Ella se sonrojó y miró hacia otro lado. Él se dirigió a Edward cuando frunció el ceño—. ¿Qué tienes ahí?

—Esto lo cambia todo. Tenemos algo real. Podemos demostrar la corrupción en toda su magnitud.

Maldonado respiró, intentando controlar el temblor en sus manos.

—¿Qué harás ahora? —quiso saber ella.

Miró su reloj. Las 10:23. Quedaban cuarenta y ocho horas antes de que el avión despegara sin él.

—¿Y si volvemos a fracasar?

Edward arrojó los papeles sobre la mesa. Tenían un mapa de corrupción extendido como una telaraña turbia y corrupta.

—Entonces habrás caído luchando. Y no caerás solo. Sullivan no sabe lo que se le viene encima.

Algo se movió dentro del madrileño. Algo que no dolía.

—Tienes razón, Edward. Esta vez no será solo por Silvia. Será por todos los que ese pez gordo ha destrozado en su camino. Por justicia. Por lo correcto.

—Tú disparas. Yo imprimo. Pero, esta vez, vamos juntos —dijo el periodista, con seguridad—. Vamos a llevar esta información a los medios, al fiscal, a quien sea necesario.

No sabía si aquello era justicia o venganza. Pero ya lo había decidido: iba a arder todo.

—No sé cómo termina esto. Pero sé que alguien va a arder conmigo.

Carla se apoyó en su hombro y, juntos, contemplaron las pruebas. No hacía falta decir nada más.

El español cerró los dedos sobre el expediente.

Esta vez, no temblaría.

Esta vez, él dispararía primero.

37

La tarde se filtraba entre las persianas, proyectando sombras retorcidas sobre la mesa. Un periódico viejo con el titular *«CONCEJAL ABSUELTO: FALTA DE PRUEBAS»* yacía junto a una botella medio vacía de whisky irlandés.

Maldonado observaba la información desplegada sobre la mesa: documentos impresos con nombres subrayados, cifras alarmantes y fotografías comprometedoras. Su mirada era seria, cargada con la responsabilidad del siguiente paso. Respiró profundamente antes de hablar.

—Ahora tenemos pruebas suficientes. Es momento de terminar esto de una vez por todas.

Broward, inquieto, movía los dedos nerviosamente sobre el tapete. El madrileño notó la incomodidad y clavó los ojos en él.

—¿Puedes confiar en mí ahora, detective?

Este mantuvo una mirada penetrante durante unos largos segundos antes de responder.

—De momento, no tengo más cartas. Pero no lo olvides: si algo sale mal, te hundes conmigo.

El otro asintió con firmeza, aceptando en silencio la condición.

Carla intervino para romper la tensión palpable.

—¿Cuál es el plan, entonces?

—Filtraremos los documentos a la prensa con la ayuda de Edward. Pero eso no será suficiente. Sullivan es astuto, tan escurridizo como un político con inmunidad. Necesitamos atraerlo, forzar un error, provocarle.

—Si publicamos esto primero, Sullivan tendrá que moverse rápido. No podrá ignorarlo. Querrá recuperar los originales. Y querrá saber qué más tenemos.

El detective comprendió lo que eso implicaba.

—Es una trampa. Sullivan vendrá directamente hacia nosotros —continuó—. Y yo seré el cebo.

Carla mostró una preocupación inmediata en su rostro.

—Es demasiado peligroso, Javier. Apenas sobreviviste una vez...

Él alzó una mano para frenar la discusión.

—No hay otro camino. Si no terminamos esto ahora, será imposible en el futuro. Estoy dispuesto a correr el riesgo.

Gray respiró profundamente.

—¿Cómo propones hacerlo, exactamente?

—Gray los publica. Sullivan muerde el anzuelo. Cree que tengo más. Me ofrezco a venderle los originales. Viene a verme. Y lo grabamos.

—Pero ¿cómo contactará contigo? Ni siquiera sabe...

El periodista iba un poco desaventajado, pensó el español. Sus ojos se giraron hacia los de la chica.

—¿Carla?

—¿Sí? —dijo, nerviosa.

La mano del sabueso se extendió hacia ella.

—Espera, yo...

—Dame tu teléfono. Ahora.

El aire en la habitación se volvió tan denso que casi podía cortarse. Nadie respiró mientras ella, con manos temblorosas, sacaba el dispositivo.

—Puedo contar lo que pasó...

Maldonado la miró atentamente, sin dejarla terminar. Conocía su secreto y sabía que ella había estado en contacto con Manny Espino desde el principio. Tomó el móvil, revisó las llamadas y encontró un número que se repetía.

—¿Cómo lo supiste? —preguntó Gray, sin aliento.

—Ese cabrón vino a matarme a mi habitación de hotel. Nunca te dije dónde me hospedaba, pero tú eras la única que tenía mi número de teléfono. Localizarme no le supuso gran esfuerzo. El mismo que a ti, clavármela por la espalda.

Carla hizo un intento de romper a llorar. La habían sorprendido y estaba avergonzada.

—Yo... lo siento, Javier...

—Guárdate las explicaciones y las lágrimas. Quiero que llames a Espino cuando se te diga. Le dirás que pase el recado a Sullivan.

—Si lo llamo, no me creerá. Todavía piensa que me tiene en el bolsillo.

—Esta es tu oportunidad para hacer las cosas bien, chica. No habrá otra después de esta. Y después de todo lo que sabes, te matarán igualmente.

Ella sostuvo su mirada sin titubeos.

—Lo sé.

—¿Desde cuándo, Carla? —preguntó el reportero, indignado—. ¿Y por qué diablos no lo dijiste antes?

—Puedo explicarlo.

—¡Por supuesto que lo vas a contar todo!

—¡Eh! Relájate —le advirtió el detective, antes de que elevara el tono—. Ya no importa.

—¡No! ¡Sí que importa, detective! ¡Es una traidora!

—¿Estás sordo?

Pero el otro seguía desconcertado, fuera de control.

—¿De verdad? ¿Tú también? Qué puto chiste...

—Modera tu lenguaje.

—¡Estaba desesperada!

—Nadie va a explicar nada. ¿Queda claro?

Maldonado comenzaba a ponerse nervioso, pero el enfado de Grey no hacía más que crecer.

—¡Déjala que lo explique!

Finalmente, se vio obligado a desenfundar el arma y apuntarle al estómago. En ese momento, los ojos de Carla se abrieron y Grey se quedó mudo.

—He dicho que ya no importa, carajo… —respondió, sin perder la calma—. Hagámoslo de una vez. Es hora de que Sullivan responda por lo que ha hecho. ¿Está claro?

—Sí —dijeron los otros dos al unísono.

Gray bajó la mirada. Carla no lloraba. Ni uno ni otro se movieron. El expolicía mantuvo el cañón en línea recta, como si fuera una extensión de su alma rota. Después los miró durante un par de segundos, respiró hondo y guardó el arma. Sabía que estaba tomando un riesgo extremo, pero también sabía que era lo único que podía hacer para honrar la memoria de su hermana y traer justicia real a Miami.

Aquella era la última jugada.

No había margen de error.

Las cortinas se cerraron.

El telón estaba listo para el acto final.

38

Viernes.

Día 8.

El viejo muelle era un esqueleto podrido que se adentraba en el mar como una mano muerta. Las tablas crujían bajo cada paso del madrileño, que avanzaba por la madera húmeda y resbaladiza, consciente de la oscuridad líquida que lo rodeaba. Una lámpara lejana parpadeaba sin fuerza, acentuando aún más la decrepitud del lugar.

Maldonado observó con tensión el mar en calma, que se extendía infinito, casi negro bajo el cielo nublado. Las luces de los rascacielos parpadeaban a lo lejos, indiferentes a lo que estaba por suceder. Sostenía con fuerza un maletín desgastado que contenía papeles inútiles, pruebas falsas destinadas a engañar al hombre que controlaba toda la corrupción de la ciudad. Sabía de sobra que aquella era una jugada desesperada, una última carta en una partida que estaba peligrosamente cerca de perder.

La cita original, organizada por Espino, había sido planeada en un hotel céntrico, un lugar neutral donde el español creía tener una mínima ventaja. Pero, en el último minuto, el pez gordo había cambiado el lugar del encuentro, enviando un mensaje seco y amenazante: debía ser en el viejo muelle de los astilleros abandonados, lejos de cualquier testigo o ayuda posible. El detective sintió un escalofrío al comprender que, una vez más, Sullivan dictaba las condiciones.

A lo lejos, un suave zumbido de motores rompió la quietud del sitio, acelerando el corazón del sabueso al instante. Giró sobre sí mismo, observando cómo varias luces amarillentas se acercaban, atravesando la neblina espesa del puerto. Tres vehículos negros emergieron de la oscuridad, deteniéndose frente al muelle. Las puertas se abrieron con sincronía militar, revelando una docena de hombres armados que descendieron con movimientos precisos y profesionales.

A Maldonado, el paladar se le volvió papel mientras contaba mentalmente las figuras que avanzaban hacia él. Finalmente, del vehículo central emergió Sullivan, alto y elegante en un impecable traje gris oscuro, moviéndose con la seguridad arrogante de quien sabe que tiene todas las cartas en su mano. Nada que ver con la apariencia hortera de Espino. El capo caminó hacia el madrileño, flanqueado por sus guardaespaldas, formando una barrera impenetrable de fuerza y amenaza.

—Detective Maldonado —saludó Sullivan con una sonrisa burlona, deteniéndose a una distancia prudencial—. Esperaba que esta noche se presentara un poco más... discreto. Usted no aprende, ¿verdad? Al igual que su hermana.

—Es usted quien eligió este lugar, Sullivan —respondió, manteniendo su voz firme pese al miedo que crecía en sus entrañas—. No entiendo tanta teatralidad. Solo vine con lo que prometí.

Sullivan arqueó una ceja con gesto burlón, mirando con interés el maletín que sostenía el español. Después, se alisó el puño del traje con la misma elegancia con la que otros se quitan la sangre de los nudillos.

—Ah, sí. Las famosas pruebas que supuestamente podrían hundirme. No sé por qué, pero sospecho que no hay nada ahí que me preocupe.

—¿Entonces para qué ha venido? —preguntó el sabueso, con tono desafiante—. Podría haber enviado a cualquiera de sus matones.

Sullivan rio suavemente, con una carcajada fría y sin humor.

—Quería ver hasta dónde era capaz de llegar usted. Lo suyo no es valentía, detective. Es patetismo disfrazado de orgullo.

El expolicía mantuvo la mirada fija, tratando de controlar el temblor que sentía en las piernas. La situación era desesperada: Sullivan tenía al menos doce hombres con él, todos armados y entrenados. Cualquier movimiento en falso significaría su muerte inmediata.

—¿Dónde está Espino? —preguntó, intentando ganar algo de tiempo. Confiaba en que Gray hubiera activado la señal desde el coche.

—Ah, nuestro querido Manolo. —Sullivan hizo un gesto teatral con la mano—. El señor Espino tuvo un repentino contratiempo en el almacén del Club Flamingo, una verdadera desgracia. Digamos que ha sufrido un percance físico. No volverá a molestarnos.

Maldonado sintió un escalofrío recorrerle la espalda, comprendiendo la gravedad del significado oculto tras esas palabras.

—Lo ha matado —dijo con amargura, apretando aún más fuerte el maletín inútil entre sus manos—. ¿Es que no le basta con corromper toda la ciudad? ¿Tiene que destruir todo lo que toca?

Sullivan ladeó la cabeza con falsa compasión.

—Es solo una cuestión de perspectiva, detective. La ciudad funciona gracias a mí. Todos tienen un precio, todos cumplen una función y todos saben cuál es su lugar. Hasta usted. Pero parece que no ha sabido entender su papel en este tablero.

—¿Mi papel? —replicó, con desprecio—. ¿Permitir que usted haga lo que quiera con total impunidad? ¿Dejar que compre jueces, policías, políticos?

—Exactamente —asintió Sullivan con una sonrisa glacial—. Esa es la realidad. Yo solo le di orden a esta ciudad. Pero usted quiso jugar al héroe y cambiar las reglas. ¿De verdad era necesario remover toda la basura con el asunto de su hermana? El detective Broward se lo advirtió desde que llegó… y no le hizo caso. Parece mentira que fuera policía.

—¿Qué pasa con Broward? ¿También lo ha matado, como a Espino o a DeWitt?

—Ese no le incumbe. Usted se ha metido en mis asuntos y ahora tendrá que asumir las consecuencias.

Maldonado comprendió de inmediato que aquello era una sentencia clara de muerte. Miró fugazmente a su alrededor, intentando encontrar alguna ruta de escape, pero los hombres de Sullivan habían formado un semicírculo hermético, bloqueando cada dirección.

—¿Qué esperaba, Sullivan? ¿Que viniera aquí y me rindiera sin más? —dijo, apretando los dientes.

Sullivan dio un paso más, con una calma que resultaba casi insultante en aquella situación.

—Francamente, sí. Esperaba exactamente eso. Esperaba que usted se rindiera a lo inevitable. Pero, ya que insiste en complicar las cosas, estoy dispuesto a facilitarle una salida sencilla: entregue el maletín y acabaré rápido con esto.

El detective contempló durante unos largos segundos la sonrisa cínica de Sullivan, sintiendo la ira crecer en su interior con cada latido.

—No habrá salida sencilla, Sullivan —respondió con voz dura—. No, mientras yo esté vivo. Y ambos llevamos una pistola.

La sonrisa del hombre se ensanchó, adquiriendo un matiz aún más oscuro y amenazador.

—Lamento que piense así, detective. Realmente lo siento.

Con un leve movimiento de cabeza, Sullivan hizo una señal a sus matones. De inmediato, todos se acercaron hacia el español, encañonándolo, cerrando cualquier opción de huida.

Este retrocedió poco a poco, sintiendo bajo sus pies cómo las tablas del muelle crujían peligrosamente. Sabía que detrás de él solo quedaba el agua fría y oscura.

—Está acorralado, detective —continuó Sullivan, con una seriedad implacable—. Tire la pistola, entrégueme ese maletín inútil y prometo ser rápido. Es lo único que puedo ofrecerle ahora.

Maldonado miró a su alrededor, desesperado, comprendiendo que no tenía opción, que estaba en un callejón sin salida. Respiró hondo, tratando de mantener la calma y preparándose para lo inevitable.

Sullivan y sus hombres avanzaron hacia él, reduciendo aún más el espacio que lo separaba de su destino fatal. Se aferró con fuerza el maletín, consciente de que ya no podía negociar, de que su única esperanza residía en resistir hasta el último segundo posible.

Estaba completamente atrapado.

Era el final.

Entonces lo supo. Solo quedaba una opción. Apretó el puño y dio un paso atrás.

39

Los matones de Sullivan comenzaron a acercarse, formando un círculo cada vez más estrecho y amenazador.

En un arranque torpe, Maldonado le arrojó el maletín a la cara. El impacto fue breve, pero suficiente para distraerlo por un momento. La desesperación le dio un impulso casi animal: giró sobre sí mismo y embistió con todas sus fuerzas al matón más cercano, golpeándolo con el hombro y haciéndolo trastabillar.

La reacción de los otros hombres fue inmediata. Se lanzaron sobre él como perros, pero aprovechó esos segundos preciosos para intentar romper el cerco. Acto seguido, corrió. El muelle crujía. Oía gritos detrás y le dolían las costillas. Más dolor. No se detuvo. Jadeaba, sintiendo el punzante ardor en las costillas rotas y los músculos al límite, pero no disminuyó la velocidad. Ni siquiera sabía hacia dónde corría. Solo sabía que tenía que alejarse.

Entonces sintió un fuerte tirón desde atrás, en el hombro, y se detuvo de golpe, como si lo arrancaran de su propia carne. Preparado, se giró para lanzar un golpe furioso contra su atacante, sin embargo, otros dos hombres aparecieron rápidamente y lo sujetaron con fuerza, dejándolo inútil, como una marioneta rota. Forcejeó con violencia, pero sin éxito. Estaba completamente inmovilizado.

Sullivan se acercó despacio, sacudiéndose el polvo del traje con una tranquilidad insultante.

—¿Ya está satisfecho, detective? —preguntó con cinismo, acercándose un paso más—. ¿Todo esto por una hermana muerta? Qué desperdicio.

El detective no respondió. Su pecho subía y bajaba con violencia mientras observaba a su enemigo.

Sullivan hizo un leve gesto con la cabeza y uno de sus hombres le asestó un golpe brutal en el estómago. El detective se dobló con un gemido ahogado, incapaz de contener el dolor. Otro golpe en las costillas lo hizo caer de rodillas.

—Se lo advertí —continuó Sullivan, con voz tranquila y despreciativa—. Pero insistió en seguir hasta el final.

Maldonado levantó la cabeza, tratando de recuperar el aliento. La sangre se escurría desde su labio partido, manchando la madera podrida del muelle bajo él.

—Esto... aún no ha terminado —murmuró con voz ronca, desafiante hasta el final.

Sullivan rio, con desprecio absoluto.

—Para usted, detective, ya ha terminado. Ahora solo queda decidir cómo despedirnos de una vez.

El sabueso sintió que dos pares de brazos lo levantaban brutalmente del suelo. Sullivan se acercó aún más.

—Su hermana también creyó que podría detenerme. Pero los héroes como ustedes no entienden que, en esta ciudad, no hay justicia. Solo hay poder... La justicia duerme. El poder no. Y yo no he cerrado los ojos en años.

La ira ardió dentro de Maldonado como nunca. Pero sus fuerzas se habían agotado, el dolor lo envolvía, y estaba completamente inmovilizado por los matones de Sullivan. Aun así, reunió toda la rabia que le quedaba y lo soltó.

Un escupitajo de sangre y rabia pura manchó el rostro del mafioso. Este retrocedió y se limpió lentamente con un pañuelo blanco impoluto, observando con fría indiferencia el rastro rojo sobre la tela.

—Muy bien, detective. Ha tomado su decisión —dijo con un tono gélido—. Arrojadlo al agua. Aseguraos de que no vuelva a salir jamás.

El detective sintió cómo lo arrastraban hacia el borde del muelle. Forcejeó inútilmente, tratando de liberarse de las manos implacables que lo sujetaban con fuerza de acero. El borde ya estaba ahí. Más allá, solo el agua negra, muda, como un pozo sin fondo.

Alcanzaron el extremo. El español contempló brevemente las aguas oscuras que lo aguardaban abajo, sintiendo cómo la desesperación se mezclaba con una extraña calma. No había salida aparente. No había nadie que pudiera rescatarlo esta vez.

Sullivan observaba impasible mientras sus hombres se preparaban para lanzarlo al vacío.

—¿Alguna última palabra, detective? —preguntó el mafioso.

Maldonado lo miró a los ojos con una intensidad que incluso sorprendió al criminal.

—Nos cruzaremos otra vez en el infierno.

Sullivan sonrió levemente, haciendo una señal con la cabeza.

En ese instante, el madrileño notó cómo lo empujaban con fuerza desde el muelle. Cayó hacia atrás y el agua lo tragó de golpe.

Oscuridad.

Frío.

Calma.

El silencio pesaba más que el agua. Luchó desesperadamente por no hundirse, pero sus músculos agotados apenas respondían. El aire escapaba de sus pulmones y la superficie parecía cada vez más distante, cada vez más inalcanzable.

40

El mar lo tragó, hundiéndolo en un abismo helado. Allí, bajo la oscuridad espesa del agua, el detective flotaba inconsciente, como un muñeco, arrastrado sin rumbo por la corriente. Su conciencia vagaba en algún lugar entre la nada y el pasado. Voces, rostros, momentos. Todo estaba revuelto.

De repente, una imagen emergió desde la oscuridad de su mente. Silvia lo observaba desde algún lugar, entre el sueño y la muerte. No sonreía. Solo lo miraba como solía hacerlo: fija, penetrante, como si leyera algo que él mismo ignoraba.

En ese instante, una pregunta silenciosa lo atravesó:

«¿Y si dejo de luchar? ¿Y si, al fin, descanso para siempre?».

Podía hundirse, desaparecer en la nada. Quizá allí, en el fondo, Silvia lo esperaría. Quizá no había ya nada por lo que pelear.

Pero algo en su interior, algo terco y primitivo, se encendió con violencia. No era heroísmo. Era esa parte de sí mismo que se negaba a morir sin respuestas.

Abrió los ojos y pataleó a ciegas, con los pulmones ardiendo. El agua seguía tirando de él, pero todavía no estaba dispuesto a rendirse.

Apenas unos metros lo separaban de la vida o la muerte. Pero sus músculos estaban agotados, debilitados por los golpes recibidos y la falta de oxígeno. Sintió cómo las fuerzas comenzaban a abandonarlo, cómo las aguas oscuras intentaban devorarlo, una vez más, para siempre.

Cuando ya sentía que todo se deshacía, algo lo agarró desde arriba.

Un brazo fuerte y decidido se cerró alrededor de su torso y tiró de él con fuerza. Aturdido, apenas entendía lo que sucedía, pero notaba cómo su cuerpo era arrastrado bruscamente hacia la superficie.

El primer sorbo de aire fue como fuego en los pulmones, y rompió la superficie del mar con un jadeo profundo, tosiendo agua salada. La cabeza le daba vueltas mientras varias manos firmes lo sujetaban con fuerza.

—¡Lo tengo! —gritó alguien con urgencia desde arriba—. ¡Sacadlo ya!

Apenas consciente, percibió que lo levantaban y lo depositaban con cuidado sobre una superficie de madera húmeda y fría.

«El viejo muelle», comprendió vagamente, intentando recobrar el aliento.

Una figura borrosa se arrodilló junto a él, colocando una mano firme sobre su hombro.

—Respire despacio, detective. Tranquilo, lo tenemos.

Maldonado abrió los ojos. Su vista se iba aclarando hasta reconocer el rostro que lo observaba.

—¿Broward...? —murmuró—. Creí que te habían matado...

El detective Broward sonrió con una mueca torcida, empapado hasta la cintura.

—Eso quisieron —respondió con voz firme—. Pero subestimaron lo difícil que es matar a un poli viejo como yo. Y también subestimaron lo mucho que me importa hacer las cosas bien, por una vez.

Maldonado respiró hondo, intentando ordenar lo que veía.

Varios agentes uniformados y algunos de civil, con armas en mano, avanzaban por el muelle hacia el mafioso y sus hombres, que ahora retrocedían confundidos y sorprendidos.

El español intentó incorporarse con dificultad, tosiendo y jadeando todavía, mientras contemplaba cómo Sullivan era rodeado por los agentes.

El mafioso lucía ahora confuso y vulnerable por primera vez, mirando frenéticamente en todas direcciones en busca de una salida que no existía. Sus hombres, antes tan seguros, ahora parecían perros acorralados y desorientados, incapaces de reaccionar ante la repentina llegada de los refuerzos policiales.

—¡Suelten las armas! —ordenó el detective americano con voz potente y firme, apuntando directamente a Sullivan—. ¡Quedan todos detenidos!

El pez gordo miró a Broward con esa mezcla de incredulidad y rabia controlada que solo los poderosos saben exhibir cuando su mundo se derrumba.

—¡Broward! —Su voz ya no ordenaba, sino que suplicaba bajo una fachada de autoridad—. Piensa bien lo que estás haciendo. Tenemos un acuerdo. Tengo nombres, fechas, cuentas... ¿Cuántos años llevas en mi nómina? ¿Cuántos secretos compartimos?

—Tu error, Sullivan —respondió con una calma glacial—, fue confundir corrupción con desesperación. Vendí mi alma por necesidad, no por codicia. Pero hay líneas que nunca crucé... hasta que me obligaste a recordar qué significa llevar esta placa.

Intentó retroceder, pero varios agentes lo sujetaron con eficacia y lo esposaron sin vacilar. Estaba lleno de frustración y una desesperación absoluta.

Entre las sombras del muelle surgió alguien conocido. Era Edward Gray, con una cámara portátil en la mano, filmando toda la escena. La luz roja parpadeaba mientras lo registraba todo.

—Esto es oro puro, Sullivan —dijo Gray con evidente satisfacción en el rostro—. Estás acabado.

El criminal lanzó una mirada cargada de odio al periodista, consciente de que ahora todo su poder y su red corrupta quedarían expuestos públicamente, destruyendo para siempre su imperio criminal.

El detective, apoyado sobre el muelle, sintió una oleada profunda de satisfacción y justicia al observar la humillación del hombre que había destrozado tantas vidas, incluida la de su hermana. Sullivan estaba, finalmente, derrotado.

Carla se acercó al español y lo ayudó con suavidad a incorporarse por completo. Él se sostuvo en pie con dificultad, observando cómo la situación se resolvía frente a sus ojos.

—Lo lograste, Javier —dijo Carla suavemente, con voz emocionada—. Es el final.

—No lo logré yo solo —respondió, recuperando las fuerzas—. Lo logramos todos. Incluso tú, Broward.

El viejo detective sonrió con desgana, encogiéndose ligeramente de hombros mientras contemplaba la escena.

—Todos tenemos deudas pendientes, Maldonado. Hoy, al fin, he podido pagar la mía.

El sabueso respiró, sintiendo cómo el aire fresco llenaba de nuevo sus pulmones, devolviéndole la vida. Contempló las luces lejanas de la ciudad, sabiendo, por fin, que había cumplido la promesa que tanto tiempo había perseguido.

Las luces de las patrullas destellaban en la oscuridad. Y entre ellas, por primera vez en años, Maldonado sintió silencio. Un mutismo limpio. Como si Silvia, al fin, hubiera dejado de gritar en su memoria.

El alivio llegó como una vieja cicatriz que finalmente deja de doler. Pero, tras él, una extraña sensación de vacío. Ahora que ese bastardo caía, el detective se enfrentaba a la pregunta más difícil: ¿quién era él sin su venganza? La victoria no devolvería a Silvia, pero quizá él podría, al fin, dejar de ser solo el hermano de una mujer asesinada.

Ya esposado, el capo se detuvo justo antes de entrar en el coche patrulla. Giró hacia el madrileño, como si aún fuera quien dictara las reglas.

—¿Nunca se ha preguntado por qué fue su hermana? —preguntó con voz clara, clavándole la mirada—. No fue una casualidad. Esa muchacha empezó a tirar del hilo correcto. Vio algo en los documentos que nadie más había notado.

Se humedeció los labios, resecos por la sal antes de continuar:

—No llegué tan alto por ser cruel, sino por ser exacto. Como cuando era cirujano… antes de descubrir que había maneras más rentables de abrir un cuerpo.

Al expolicía se le heló la sangre. Todo cobraba sentido.

—Púdrete en la cárcel.

—Algunos nacemos para gobernar y crear orden, no para generar caos. La gente necesita a alguien que les imponga reglas, y los tipos como yo debemos asegurarnos de que las cumplen. Mi único error fue olvidar que las variables humanas… —aclaró y miró brevemente a Broward—, son impredecibles.

Las luces rojas y azules de las patrullas iluminaban dramáticamente la escena, proyectando sombras cambiantes y dinámicas sobre el muelle. La puerta del coche se cerró con un golpe seco. El detective miró al mar, ese mismo que casi lo tragó. Había vuelto de las profundidades para terminar lo que empezó.

Y, al fin, todo había terminado.

Respiró hondo. El aire fresco entró como si fuera el primero de una nueva vida. A lo lejos, las luces de la ciudad temblaban sobre la superficie del agua, como un reflejo del mundo que debía reconstruir.

En cuestión de horas, la copia digital de los documentos ya estaría en manos de un fiscal honesto, pensó. Por una vez, el sistema tendría que responder.

Por primera vez en años, no oyó la voz de Silvia. El silencio no dolía.

A lo lejos, una gaviota cruzó el cielo con un grito agudo, rompiendo la quietud del amanecer.

La siguió con la vista hasta que desapareció entre las nubes.

Debía abandonar Miami y regresar a Madrid.

Pensó en Marla. En Berlanga. En los pocos que todavía creían en los informes con fecha y firma. Pensó en Silvia, que nunca se atrevió a nadar en el mar, porque decía que era «demasiado profundo para confiar en él».

Y, sin embargo, a él, fue el mar el que le devolvió la vida.

En su ciudad, el futuro no era más esperanzador.

No sabía a dónde iría, pero sabía que, esta vez, iría solo.

Y eso, por primera vez en mucho tiempo, estaba bien.

41

Domingo.

El aeropuerto de Miami era un lugar sin alma: voces por radiofonía, pasos sin destino y luces clínicas, enemigas del descanso, que no perdonaban el cansancio. Él caminaba con paso lento entre la gente, arrastrando su maleta de ruedas con una mano y cargando con el peso de algo más que el viaje con la otra. «Una jodida semana», pensaba, llegando a creer que jamás saldría de allí. Le dolían aún las costillas. La herida en el labio se había cerrado, pero no del todo. Y lo de dentro... Lo de dentro aún tardaría en sanar.

Llevaba puesto el viejo Barbour, a pesar del calor. Una costumbre vieja. Inútil, como casi todas. Se detuvo frente a un quiosco de prensa, más por inercia que por interés, y fue entonces cuando la vio. La portada del Miami Herald mostraba un titular que no necesitaba sirenas para hacer ruido:

«LA CAÍDA DEL REY: Sullivan, a juicio por corrupción y asesinato».

Subtítulo: «El reportero Edward Gray destapa el entramado criminal que ha controlado Miami durante décadas».

Abajo, una segunda línea:

«La otra cara de la ley: el detective Broward, destituido tras conocerse su implicación en encubrimientos».

Suspiró sin darse cuenta. Pagó el periódico y se sentó en una de las sillas de espera junto a la terminal, el diario extendido como un último informe de caso. Las fotos lo decían todo: Sullivan con esposas; Gray recogiendo premios; Broward, abandonado. El tablero final, con cada pieza en su sitio.

Leyó algunas líneas con desgana. No necesitaba saber lo que ya había vivido. Pero ver su nombre en las columnas, citado como «el detective español que reabrió el caso Donovan y expuso la red de sobornos», le dio un escalofrío. No era orgullo. Era la punzada seca de saber que pronto todo eso sería una anécdota.

No sabía si Sullivan acabaría realmente entre rejas o si sus abogados harían magia. Pero su hermana tenía justicia. Y eso, por primera vez en mucho tiempo, era suficiente.

Alguien se sentó junto a él.

—Siempre quise salir en la prensa —dijo una voz conocida, con tono melancólico—. Pero no como nota al pie en una tragedia colectiva.

Maldonado no tuvo que mirar para saber que era ella. Cuando se giró, vio a la camarera vestida de negro, con gafas de sol, aunque estaban bajo techo. Tenía el cabello recogido y el cuello tenso, como si llegara de un funeral.

—¿Vienes a despedirme o a asegurarte de que no me quede?

Ella sonrió, bajándose las gafas un segundo.

—Ambas. Miami no necesita más creyentes. Tú ya cumpliste con tu fe.

Él asintió. No había réplica para eso.

—¿Y tú? —preguntó—. ¿Seguirás trabajando en el bar?

—Por ahora sí. No todos los héroes vuelan. Algunos limpian vasos y aguantan borrachos.

Rieron los dos, por necesidad, no por alegría.

Él cerró el periódico y se lo guardó bajo el brazo. Sabía que quedaba algo por decir. Pero no sabía si decirlo arruinaría el momento.

—Carla —comenzó, mirándola de reojo.

Ella se adelantó.

—De veras, puedo contarte lo que pasó con Espino, yo no quería...

—Podrías venir a España. Unos días... Aire fresco. Buen vino. Silencio. Creo que lo mereces.

La respuesta la sorprendió. Ella lo miró un largo rato, sin contestar. Había algo en sus ojos que no era tristeza ni duda. Era una ternura contenida por la situación. Como si ya supiera la respuesta, pero necesitaba oírla de él.

—Algún día, Javier... —dijo ella—. Algún día.

Y ese «algún día» supo para él, más a un «nunca» que a un «tal vez». Era una despedida envuelta en celofán.

Entonces la besó. Breve. Un roce de labios con sabor a final y a lo que nunca sería. Cuando se separó, el vacío fue inmediato. Algo se había soltado dentro de él, alguna parte que había estado aferrada al dolor.

—Cuídate, Javier.

—Adiós, preciosa.

Carla se alejó sin mirar atrás, su silueta perdiéndose entre los cuerpos apresurados del aeropuerto, como si el mundo no la retuviera, como si ya estuviera en otra parte.

El detective comprobó la hora. El embarque era en quince minutos.

Sabía que no había vencido. Pero estaba vivo. A veces, eso bastaba.

Mientras avanzaba hacia la puerta de embarque, con el periódico bajo el brazo, el nombre de Silvia resonaba en su memoria como una canción de El Salmón:

«Flaca, no me claves tus puñales...».

La justicia era como un whisky segoviano en un mal día: nunca te satisface del todo, pero a veces, solo a veces, te permite dormir sin pesadillas.

Y con esa promesa, el detective subió al avión, sin mirar atrás.

42

Unos días más tarde.

Madrid respiraba con la calma engañosa de las once de la mañana. El cielo estaba despejado, pero sucio, como una camisa blanca lavada demasiadas veces. El detective caminaba sin prisa por el Paseo de Coches del Retiro, las manos en los bolsillos del abrigo, el sol filtrándose a ratos entre las ramas sin hojas. Sus pasos sonaban con una cadencia lenta y repetitiva.

A su edad, y después de todo lo vivido, los domingos ya no traían descanso. Solo una repetición meticulosa: el desayuno en la cafetería de siempre, atendido por una camarera demasiado amable; el periódico, cada vez más predecible; el paseo, idéntico en pasos, bancos y pensamientos.

Oficialmente, estaba retirado.

Oficiosamente, asesoraba a Marla desde la trastienda de «Maldonado Detectives». Su vida era otra. Nunca salía a la calle. Ya no interrogaba testigos. No corría detrás de sospechosos. No negociaba con criminales. Su vida era ahora esa calma extraña y frustrante de quien sabe demasiado, pero no tiene permiso oficial para hacer nada con ello. Ella era ahora el rostro oficial de la agencia, la que firmaba documentos y recibía clientes con la seriedad y la eficiencia que él nunca había tenido. Así que él se dejaba ver, de vez en cuando, por la oficina, compraba el desayuno y recibía una nómina a cambio de consejo, cuando ella le mostraba pruebas o fotografías. Después de todo, se había convertido en el consultor que tanto había impostado en Florida.

Una vida diferente. No era peligrosa, ni mala, ni siquiera ingrata. Solo era insoportable durante algunos días.

Esa jornada, tras completar el recorrido rutinario por el parque, caminaba hacia la salida por la Puerta de Alcalá, encendiendo un light que no se había prometido dejar, cuando sintió una presencia en movimiento.

Lo vio acercarse con ese ritmo que solo tienen los coches que no necesitan presentaciones: grandes, con los cristales oscuros y la intención escrita en el capó. El vehículo se acercó a él y se detuvo justo en la acera, bloqueando parcialmente el paso de los peatones.

La ventanilla del copiloto bajó suavemente, dejando ver el rostro de un hombre elegante, de expresión seria y ojos hundidos, cansados. El aspecto de quien había dormido poco y pensado demasiado. Su voz salió grave, sin un acento claramente reconocible, como si hubiese trabajado para eliminar cualquier traza de procedencia.

—¿Es usted el señor Maldonado?

Él ni se detuvo. Dio una calada profunda al light y dejó salir el humo, manteniendo el paso firme.

—Se equivoca de persona —respondió, sin girar la cabeza, manteniendo un tono neutro y ligeramente seco.

El coche avanzó despacio junto a él durante algunos metros más. El hombre no se rindió. Volvió a abordarlo. Sonaba desesperado.

—Necesito su ayuda, señor... Es mi hijo. Ha desaparecido.

Maldonado frenó el caminar. No lo hizo por compasión. No era eso lo que sentía. Era algo más antiguo, más profundo: un picor que no se curaba ni con el retiro, ni con el silencio.

Cuando giró la cabeza, el hombre mantenía los ojos fijos en él, con una intensidad medida pero convincente. Maldonado había visto suficientes rostros en su vida como para saber cuándo un hombre mentía bien, y este parecía sincero. O, al menos, había aprendido a fingirlo perfectamente.

—Eso ya no es asunto mío —respondió, intentando convencerse de eso a sí mismo mientras hablaba.

El hombre hizo una pausa, midiendo sus palabras, antes de estirar la mano desde la ventanilla, mostrándole un sobre de papel crema, sin remitente, sin marcas, sin nada más que la silenciosa promesa de lo desconocido.

—No busco justicia.

El temblor de su voz desmentía la compostura de su traje.

—Solo quiero saber... —continuó después de tragar saliva y entonces el barniz de control se agrietó más—. Saber si mi hijo está vivo. Nada más.

El detective tomó el sobre, sin apartar la vista del desconocido.

—¿Por qué yo?

El hombre bajó la mirada.

—Porque es el mejor investigador de Madrid para encontrar a desaparecidos.

—Lo siento, pero estoy retirado. ¿No lee las noticias?

—Estoy dispuesto a pagar lo que pida.

—No es una cuestión de dinero.

—Precisamente, por eso he venido a usted.

Maldonado reflexionó sobre las palabras de aquel hombre y su actitud férrea ante la decisión que había tomado. Sacó la fotografía del interior del sobre y echó un vistazo. Una sonrisa torcida, ojos vivos… No necesitaba saber más para intuir que tendría diecisiete o dieciocho años. De buena familia, por supuesto. Pero eso era lo de menos. En el reverso, había un nombre, «Lucas», escrito a mano, y una fecha reciente. Junto a la foto, una tarjeta con un número móvil impreso, sin nombre ni dirección.

—Piénselo.

Maldonado levantó la vista para preguntar algo más. Pero el coche ya había empezado a moverse, alejándose lentamente hacia la avenida, desapareciendo entre el tráfico ligero de la mañana.

El detective se quedó inmóvil, parado en la acera, sosteniendo la foto con los dedos entumecidos. El sobre aún colgaba abierto en su mano. Sabía perfectamente qué debía hacer: seguir caminando, volver a casa, guardar aquel sobre en el fondo de un cajón, olvidarse de todo aquello.

Pero esa desazón interna, esa inquietud que no había logrado sofocar jamás, comenzaba a extenderse desde el pecho hasta sus dedos, tensándole el cuerpo entero. Encendió otro light, aunque la nicotina no hacía ya efecto. Finalmente, sacó el teléfono del bolsillo del abrigo.

Un solo timbrazo y Marla respondió enseguida.

—Maldonado Detectives, ¿en qué puedo ayudarle?

Sonaba extraño, pero sonaba profesional.

—Soy yo.

—¿Sí, Javier? ¿Va todo bien?

—Marla... —dijo él y miró fijamente la foto que aún sostenía en la otra mano—. Creo que vas a tener trabajo.

—¿Cómo dices?

—Te lo explicaré más tarde.

Colgó sin esperar respuesta.

Guardó la fotografía del muchacho en el abrigo, sintiendo cómo el peso de lo que acababa de ocurrir se asentaba lentamente en él, llenándolo con un nudo en el estómago, que, por raro que sonara, echaba de menos.

Sonrió levemente.

Para él, la paz era solo una pausa tan breve como un fin de semana. Y, en el fondo, ni siquiera la extrañaba.

Sobre el autor

Pablo Poveda (Elche, 1989) es escritor, profesor y periodista. Autor de otras obras como las series Caballero, Maldonado, Rojo o Don. Vivió en Polonia durante cuatro años, después seis en Madrid y actualmente reside en el Levante español, donde escribe todas las mañanas. Cree en el jazz, el rock, la cultura sin ataduras y en la simplicidad de las cosas.

Autor finalista del Premio Literario Amazon 2018 y 2020 con las novelas El Doble y El Misterio de la Familia Fonseca.

Autor destacado 2022 en Amazon España.

Si te ha gustado este libro, te agradecería que dejaras un comentario en Amazon. Las reseñas mantienen vivas las novelas.

Contacto: pablo@elescritorfantasma.com
Página web: elescritorfantasma.com
Facebook: facebook.com/elescritorfant
Grupo Privado de lectores: elescritorfantasma.com/grupofb

¿CONOCES A ROJO? DESCUBRE LA HISTORIA DETRÁS DEL INSPECTOR DE POLICÍA...

Año 1992. Una llamada invernal arrastra al inspector Rojo a un caso que podría ser su perdición.
Jamás debió descolgar el teléfono...

En las sombras de Cartagena, el inspector se adentra en la investigación de una joven desaparecida, solo para descubrir que esta es la superficie de un abismo de corrupción, tráfico de influencias, y trata de personas, todo envuelto en un tejido político descompuesto.

Con su carrera y principios en la balanza, Rojo se enfrenta a una disyuntiva mortal: salvar a una desconocida o salvarse a sí mismo.

Su tenacidad por defender las causas perdidas lo coloca en un peligro inminente...
...amenazando no solo su vida sino también la de su familia.

La desaparición de la joven será la entrada a una profunda madriguera...

¿Podrá Rojo resolver el caso antes de terminar atrapado en las redes del peligro?

Lo que Rojo aún no sabe es que su decisión lo sumergirá en un infierno del que tal vez no pueda escapar...
HAZTE CON TU COPIA AHORA

SI BUSCAS UN BUEN THRILLER AMBIENTADO EN LA COSTA BLANCA...

Un cadáver abandonado en un pantano. Dos familias poderosas, una operación millonaria y el control de una ciudad en juego. Honor, venganza y corrupción. Cuando la inspectora Agulló acepta su primer caso, encuentra una investigación llena de secretos.

Pero lo peor está por llegar: ¿tendrá precio su silencio?

«UNA OBRA QUE PUEDE SER DE NETFLIX».

Ella era joven, exitosa y uno de los rostros más conocidos en la ciudad.

Laura tenía un secreto, pero no sabía que moriría antes de contarlo.

Ambientada en la ciudad de Elche durante la crisis económica del calzado, ¿Quién mató a Laura Coves? es una novela frenética y adictiva de suspense que ahonda en las pasiones más oscuras de la sociedad.

HAZTE CON TU COPIA AHORA

SI AÚN NO LO HAS HECHO, DESCUBRE ESTO…

La envidia puede matar…

Esta apasionante novela negra está disponible GRATIS por tiempo limitado.

Gabriel Caballero está en apuros: un asesino anda suelto en la Costa Blanca.

La rectora de la Universidad de Alicante ha muerto de un extraño modo. Las evidencias apuntan a un homicidio y a su mejor amigo. Tras negar lo que parece evidente, Caballero tendrá que averiguar la verdad para demostrar su inocencia: **su vida y carrera periodística dependen de ello.**

¿Logrará resolver el crimen antes de que sea tarde?

Suscríbete de manera gratuita a mi lista de lectores exclusiva y consigue esta novela hoy.

DESCARGA GRATIS CABALLERO

O si estás leyendo en Kindle o papel y lo prefieres... usa el código QR en tu teléfono para acceder el libro gratis.

Otros libros de Pablo Poveda
Serie Gabriel Caballero

Caballero

La Isla del Silencio

La Maldición del Cangrejo

La Noche del Fuego

Los Crímenes del Misteri

Medianoche en Lisboa

El Doble

La Idea del Millón

La Dama del Museo

Los Cuatro Sellos

El Último Adiós

Muerte en el Mediterráneo

El arte del engaño

La playa de los muertos

El último baile

Un secreto bajo tierra

Pack Trilogía 1-3 (Caballero, La Isla del Silencio, La Maldición del Cangrejo)

Pack Trilogía 4-6 (La Noche del Fuego, Los Crímenes del Misteri, Medianoche en Lisboa)

Pack Trilogía 7-9 (El Doble, La Idea del Millón, La Dama del Museo)

Pack Trilogía 10-12 (Los Cuatro Sellos, El Último Adiós, Muerte en el Mediterráneo)

Serie Don

Odio

Don

Miedo

Furia

Silencio

Rescate

Invisible

Origen

Pack Trilogía 1-3 (Odio, Don, Miedo)

Pack Trilogía 4-6 (Furia, Silencio, Rescate)

Pack SERIE COMPLETA (8 libros)

Serie Dana Laine

Falsa Identidad

Asalto Internacional

Matar o Morir

Fuego Cruzado

Pack Trilogía 1-3 (Falsa Identidad, Asalto Internacional, Matar o Morir)

Serie Rojo

Rojo

Traición

Venganza

Desparecido

Secuestrada

El trabajo del Diablo

El juego del Diablo

El laberinto del Diablo

Sombra en la costa

Al Rojo Vivo

Pack Rojo 1-3 (Rojo, Traición, Venganza)

Pack Rojo 6-8 (Desaparecido, Secuestrada, El trabajo del diablo)

Serie Javier Maldonado (Detective Privado)

Una Mentira Letal

Una Apuesta Mortal

Un Crimen Brillante

El Caso del Tarot

Una Amistad Peligrosa

El asesinato del casino

El crimen de Atocha

Muerte en Las Vegas

Asesinato en Cannes

Una Bala en Miami

Pack novelas 1-3

Pack novelas 4-6

Serie Bajo Sospecha (thriller policíaco)

Bajo Sospecha: Sangre y Raíces

Bajo Sospecha: El Precio del Poder

Trilogía El Profesor

El Profesor

El Aprendiz

El Maestro

Pack Trilogía Completa El Profesor (El Profesor, El Aprendiz, El Maestro)

Serie Lepoldo Bonavista

El misterio de la familia Fonseca

El misterio de la máscara de porcelana

Otros:

El secreto de la señora Avignon

¿Quién mató a Laura Coves?

Perseguido

Motel Malibu

Sangre de Pepperoni

La Chica de las canciones

El Círculo

Printed in Dunstable, United Kingdom